AF554305

LE VERITABLE S^T GENEST, TRAGEDIE,

DE M^R DE ROTROV.

A PARIS,
Chez TOVSSAINCT QVINET, au Palais, dans la petite Salle, ſous la montée de la Cour des Aydes.

M. DC. XXXXVIII.
Auec Priuilege du Roy.

Extraict du Priuilege du Roy.

PAR Grace & Priuilege du Roy, donné à Paris le 11. Mars 1647. Signé, Par le Roy en son Conseil, Le BRVN: Il est permis à Antoine de Sommauille, Marchand Libraire à Paris, d'imprimer ou faire imprimer vne Tragedie intitulée, *Le veritable S. Genest, de Monsieur de Rotrou*, & ce durant le temps & espace de cinq ans, à cõpter du iour que ledit Liure sera acheué d'imprimer; & defenses sont faites à tous Libraires, Imprimeurs, & autres, d'en vendre ny distibuer d'autre impression que de celle qu'aura fait ou fait faire ledit Sommauille, à peine de cinq cens liures d'amende, ainsi qu'il est plus amplement porté par les Lettres cy-dessus dattées.

LEdit Sommauille a associé audit Priuilege Toussainct Quinet aussi Marchand Libraire à Paris, suiuant l'accord fait entr'eux.

Acheué d'imprimer pour la premiere fois le 26. May 1647.

Les Exemplaires ont esté fournis.

ACTEVRS

DIOCLETIAN, Empereur.
MAXIMIN, Empereur.
VALERIE, Fille de Diocletian.
CAMILLE, Suiuante.
PLANCIEN, Prefect.
GENEST, Comedien.
MARCELE, Comedien.
OCTAVE, Comedien.
SERGESTE, Comedien.
LENTVLE, Comedien.
ALBIN, Comedien.
DECORATEVR.
GEOLIER.

ADRIAN, representé par Geneſt.
NATALIE, par Marcele.
FLAVIE, par Sergeſte.
MAXIMIN, par Octaue.
ANTHISME, par Lentule.
GARDE, par Albin.
GEOLIER.
Suitte de Soldats & Gardes.

LE VERITABLE S^T GENEST, TRAGEDIE.

ACTE I.

SCENE PREMIERE.

VALERIE, CAMILLE.

CAMILLE.

Quoy, vous ne sçauriez vaincre une frayeur si vaine?
Un songe, une vapeur, vous causent de la peine!

A vous, ſur qui le Ciel déployant ſes Treſors,
Mit vn ſi digne Eſprit, dans vn ſi digne Corps!

VALERIE.

Le premier des Ceſars apprit bien que les ſonges
Ne ſont pas toûjours faux, & toûjours des menſonges;
Et la force d'eſprit, dont il fut tant vanté,
Pour l'auoir conſeillé, luy coûta la clarté.
Le Ciel, comme il luy plaiſt, nous parle ſans obſtacle;
S'il veut, la voix d'vn ſonge eſt celle d'vn Oracle;
Et les ſonges, ſur tout, tant de fois repetez,
Où toûjours, ou ſouuent, diſent des veritez.
Déja cinq ou ſix nuits, à ma triſte penſée,
Ont de ce vil Hymen la viſion tracée,
M'ont fait voir vn Berger, auoir aſſez d'orgueil,
Pour pretendre à mon lict, qui ſeroit mon cercueil;
Et l'Empereur mon Pere, auec violence,
De ce preſomptueux appuyer l'inſolence;
Ie puis, s'il m'eſt permis, & ſi la verité
Diſpenſe les Enfans à quelque liberté,
De ſa mauuaiſe humeur, craindre vn mauuais office;
Ie connois ſon amour, mais ie crains ſon caprice;
Et voy qu'en tout rencontre il ſuit aueuglement
La boüillante chaleur d'vn premier mouuement;

Sceut-il considerer, pour son propre Hymenée,
Sous quel joug il baissoit sa teste Couronnée,
Quand Empereur il fit sa Couche & son Estat,
Le prix de quelques pains, qu'il emprunta soldat,
Et par vne foiblesse, à nulle autre seconde,
S'associa ma Mere à l'Empire du Monde?
Depuis, Rome souffrit, & ne reprouua pas
Qu'il commit vn Alcide, au fardeau d'vn Atlas,
Qu'on vit sur l'Vniuers deux testes Souueraines,
Et que Maximian en partagea les resnes:
Mais pourquoy pour vn seul tant de Maistres diuers,
Et pourquoy quatre Chefs au corps de l'Vniuers?
Le choix de Maximin, & celuy de Constance,
Estoient-ils à l'Estat de si grande importance,
Qu'il en dût receuoir beaucoup de fermeté,
Et ne pût subsister sans leur auctorité?
Tous deux diferemment, alterent sa memoire,
L'vn par sa nonchalance, & l'autre par sa gloire;
Maximin, acheuant tant de gestes Guerriers,
Semble, au front de mon Pere, en voler les Lauriers;
Et Constance souffrant qu'vn ennemy l'affronte,
Dessus son mesme front en imprime la honte;
Ainsi, ny dans son bon, ny dans son mauuais choix,
D'vn conseil raisonnable, il n'a suiuy les loix;
Et déterminant tout, au gré de son caprice,
N'en preuoit le succez, ny craint le prejudice.

CAMILLE.

Vous prenez trop l'allarme, & ce raisonnement
N'est point à vostre crainte, vn juste fondement:
Quand Diocletian éleua vostre Mere
Au degré le plus haut que l'Vniuers reuere,
Son rang, qu'il partageoit, n'en deuint point plus bas,
Et luy faisant monter, il n'en décendit pas;
Il pût concilier son honneur & sa flâme,
Et choisy par les siens, se choisir vne femme;
Quelques associez qui regnent auecque luy,
Il est de ses Estats le plus solide appuy;
S'ils sont les Matelots de cette grande flotte,
Il en tient le timon, il en est le Pilote,
Et ne les associe à des emplois si hauts,
Que pour voir des Cesars au rang de ses vassaux:
Voyez comme vn fantôme, vn songe, vne chimere,
Vous fait mal expliquer les mouuemens d'vn Pere;
Et qu'vn trouble importun vous naist mal à propos,
D'où doit si justement naistre vostre repos.

VALERIE.

Ie ne m'obstine point d'vn effort volontaire
Contre tes sentimens, en faueur de mon Pere;
Et contre vn Pere, enfin, l'Enfant a toûjours tort:
Mais me répondras-tu des caprices du sort?

Ce Monarque insolent, à qui toute la Terre,
Et tous ses Souuerains, sont des joüets de verre,
Prescrit-il son pouuoir? & quand il en est las,
Comme il les a formez, ne les brise-t'il pas?
Peut-il pas, s'il me veut dans vn estat vulgaire,
Mettre la Fille au poinct dont il tira la Mere,
Détruire ses faueurs par sa legereté,
Et de mon songe, enfin, faire vne verité?
Il est vray que la mort, contre son inconstance,
Aux grands cœurs, au besoin, offre son assistance,
Et peut toûjours brauer son pouuoir insolent;
Mais, si c'est vn remede, il est bien violent.

CAMILLE.

La mort a trop d'horreur, pour esperer en elle,
Mais esperez au Ciel, qui vous a fait si belle,
Et qui semble influer, auecques la beauté,
Des marques de puissance, & de prosperité.

SCENE II.

VN PAGE, VALERIE, CAMILLE.

LE PAGE.

M*Adame.*

VALERIE.

Que veux-tu?

LE PAGE.

L'Empereur qui m'enuoye
Sur mes pas, auec vous vient partager sa joye.

VALERIE.

Quelle?

LE PAGE.

L'ignorez-vous? Maximin, de retour
Des Païs reculez, où se leue le jour;
De leur rebellions, par son bras étoufées,
Aux pieds de l'Empereur apporte les trofées;
Il s'en va. *Et de là se dispose à l'honneur de vous voir.*

CAMILLE.

Sa valeur vous oblige à le bien receuoir,
Ne luy retenez pas le fruit de sa victoire;
Le plus grand des larcins, est celuy de la Gloire.

VALERIE.

Mon esprit agité d'vn secret mouuement,
De cette émotion, cherit le sentiment;

Et cet heur inconnu, qui flate ma pensée,
Dißipe ma frayeur, & l'a presque effacée;
Laissons nostre conduitte à la bonté des Dieux.
O Ciel! qu'vn doux trauail m'entre au cœur par les yeux! Voyant Maximin.

SCENE III.

DIOCLETIAN, MAXIMIN, GARDES, SOLDATS, VALERIE, CAMILLE, PLANCIEN. Il se fait vn bruit de tãbours & de trompettes.

MAXIMIN baise les mains de Valerie.

DIOCLETIAN.

DEsployés, Valerie, & vos traits & vos charmes;
Au vainqueur d'Orient, faites tõber les armes;
Par luy, l'Empire est calme, & n'a plus d'ennemis;
Soûmettez ce grand cœur, qui nous a tout soûmis;
Chargez de fers vn bras fatal à tant de testes,
Et faites sa prison, le prix de ses conquestes.
Déja, par ses exploits, il auoit merité
La part que ie luy fis, de mon authorité;

Et sa haute vertu, reparant sa naissance,
Luy fit, sur mes Subjets, partager ma puissance:
Aujourd'huy, que pour prix des pertes de son sang,
Je ne puis l'honorer d'vn plus illustre rang,
Ie luy dois mon sang mesme; & luy donnant ma Fille,
Luy faits part de mes droicts, sur ma propre famille.
Ce present, Maximin, est encore au dessous
Du seruice important que i'ay receu de vous;
Mais pour faire vos prix égaux à vos merites,
La Terre treuueroit ses bornes trop petites;
Et vous auez rendu mon pouuoir impuissant,
Et rétraint enuers vous, ma force, en l'accroissant.

MAXIMIN.

La part que vos bontez m'ont fait prendre en l'Empire,
N'égale point, Seigneur, ces beaux fers où i'aspire;
Tous les Arcs triomphans, que Rome m'a dressez,
Cedent à la prison que vous me bâtissez;
Et de victorieux des bords que l'Inde laue,
I'accepte plus content, la qualité d'Esclaue;
Que dépoüillant ce corps, vous ne prendrez aux Cieux
Le rang par vos vertus acquis entre les Dieux;
Mais ozer conceuoir cette insolente audace,
Est plustost meriter son mépris, que sa grace;
Et quoy qu'ait fait ce bras, il ne m'a point acquis,
Ny ces titres fameux, ny ce renom exquis

Qui des extractions effacent la memoire,
Quant à sa vertu seule, il faut deuoir sa gloire;
Quelque insigne aduantage, & quelque illustre rang,
Dont vous ayez couuert le defaut de mon sang;
Quoy que l'on dißimule, on pourra toûjours dire,
Qu'vn Berger est aßis au Trône de l'Empire;
Qu'autresfois mes Palais ont esté des Hameaux,
Que qui gouuerne Rome, a conduit des Troupeaux;
Que pour prendre le fer, i'ay quitté la Houlette;
Et qu'enfin vostre ouurage est vne œuure imparfaite.
Puis je auec ce defaut, non encor reparé,
M'approcher d'vn objet digne d'estre adoré?
Esperer de ses vœux les glorieuses marques?
Pretendre d'étouffer l'espoir de cent Monarques?
Passer ma propre attente? & me faire des Dieux,
Sinon des ennemis, au moins des enuieux?

DIOCLETIAN.

Suffit que c'est mon choix, & que i'ay connoissance
Et de vostre personne & de vostre naissance;
Et que si l'vne enfin n'admet vn rang si haut,
L'autre, par sa vertu, repare son defaut,
Supplée à la Nature, éleue sa bassesse,
Se reproduit soy-mesme, & forme sa noblesse;
A combien de Bergers les Grecs & les Romains
Ont-ils pour leur vertu veu des Sceptres aux mains?

L'Histoire des grands cœurs, la plus chere esperance,
Que le temps traicte seule auecque reuerence,
Qui ne redoutant rien, ne peut rien respecter,
Qui se produit sans fard, & parle sans flater,
N'a-t'elle pas cent fois publié la loüange
De gens que leur merite a tirez de la fange?
Qui par leur industrie ont leurs noms éclaircis,
Et sont montez au rang où nous sommes assis?
Cyrés, Semiramis, sa fameuse aduersaire,
Noms, qu'encor aujourd'huy la memoire reuere,
Lycaste, Parrasie, & mille autres diuers,
Qui dans les premiers temps ont regy l'Vniuers;
Et recemment encor dans Rome, Vitellie,
Gordian, Pertinax, Macrin, Probe, Aurelie,
N'y sont-ils pas monetz? & fait de mesmes mains
Des reigles aux Troupeaux, & des loix aux Humains;
Et moy-mesme, enfin moy, qui de naissance obscure
Dois mon Sceptre à moy-mesme, & rien à la Nature,
N'ay-je pas lieu de croire en cet illustre rang
Le merite dans l'homme, & non pas dans le sang?
D'auoir, à qui l'accroist fait part de ma puissance,
Et choisi la personne, & non pas la naissance?
A Valerie. *Vous, cher fruict de mon lict, beau prix de ses exploits,*
Si ce front n'est menteur, vous approuuez mon choix;
Et tout ce que l'Amour, pour marque d'allegresse,
Sur le front d'vne Fille Amante, mais Princesse,

Y fait voir sagement que mon election
Se treuue vn digne objet de vostre passion.

VALERIE.

Ce choix estant si rare, & venant de mon pere,
Mon goust seroit mauuais, s'il s'y treuuoit contraire;
Oüy Seigneur, ie l'approuue, & benis le Destin,
D'vn heureux accident que i'ay craint ce matin.
Mon songe est expliqué; i'épouse en ce grand Homme Se tournát, vers Camille.
Vn Berger, il est vray, mais qui commande à Rome;
Le songe m'effrayoit, & i'en cheris l'effet,
Et ce qui fut ma peur, est enfin mon souhait.

MAXIMIN luy baisant la main.

O fauorable arrest, qui me comble de gloire,
Et fait de ma prison, ma plus digne victoire!

CAMILLE.

Ainsi souuent le Ciel conduit tout à tel poinct,
Que ce qu'on craint arriue, & qu'il n'afflige point;
Et que ce qu'on redoute, est enfin ce qu'on aime.

SCENE IV.

VN PAGE, DIOCLETIAN, MAXIMIN, VALERIE, CAMILLE, GARDES, SOLDATS, PLANCIEN.

LE PAGE.

Geneſt attend, Seigneur, dans vn deſir extréme,
De s'acquitter des vœux deubs à vos Majeſtez.

Il ſort.

DIOCLETIAN.

Qu'il entre.

CAMILLE à Valerie.

Il manquoit ſeul à vos proſperitez;
Et quel que ſoit voſtre heur, ſon art, pour le parfaire,
Semble en quelque façon vous eſtre neceſſaire.
Madame, obtenez nous ce diuertiſſement,
Que vous meſme eſtimez, & treuuez ſi charmant.

SCENE V.

GENEST, DIOCLETIAN, MAXIMIN, PLANCIEN, VALERIE, CAMILLE, GARDES, SOLDATS.

GENEST.

SI parmy vos Sujets, vne abjecte fortune,
Permet de partager l'allegresse commune,
Et de contribuer en ces communs desirs,
Sinon à vostre gloire, au moins à vos plaisirs;
Ne desapprouuez pas, ô genereux Monarques,
Que nostre affection vous produise ses marques;
Et que mes Compagnons, vous offrent par ma voix,
Non des Tableaux parlans de vos rares exploicts,
Non cette si celebre & si fameuse Histoire,
Que vos heureux succés laissent à la Memoire,
(Puis que le Peuple Grec, non plus que le Romain,
N'a point pour les tromper vne assez docte main;)
Mais quelque effort au moins, par qui no⁹ puissiõs dire,
Vous auoir delassez du grand faix de l'Empire,
Et par ce que nostre Art aura de plus charmant,
Auoir à vos grands soins rauy quelque moment.

DIOCLETIAN.

Geneſt, ton ſoin m'oblige, & la ceremonie
Du beau jour où ma Fille à ce Prince eſt vnie,
Et qui met noſtre joye en vn degré ſi haut,
Sans vn traict de ton Art, auroit quelque defaut.
Le Theatre aujourd'huy fameux par ton merite,
A ce noble plaiſir puiſſamment ſollicite;
Et dans l'eſtat qu'il eſt, ne peut ſans eſtre ingrat,
Nier de deuoir ſon plus brillant éclat:
Auec confuſion i'ay veu cent fois tes feintes,
Me liurer malgré moy de ſenſibles attaintes;
En cent ſujets diuers, ſuiuant tes mouuements,
I'ay receu de tes feux de vrais reſſentiments;
Et l'Empire abſolu que tu prends ſur vne ame,
M'a fait cent fois de glace, & cent autres de flâme:
Par ton Art les Heros pluſtoſt reſſuſcitez,
Qu'imitez en effet, & que repreſentez,
Des cent & des mil ans apres leurs funerailles,
Font encor des progrez, & gagnent des batailles,
Et ſous leurs noms fameux établiſſent des Loix;
Tu me fais en toy ſeul Maiſtre de mille Rois.
Le Comique, où ton Art également ſuccede,
Eſt contre la triſteſſe vn ſi preſent remede,
Qu'vn ſeul mot, (quand tu veux,) vn pas, vne action,
Ne laiſſe plus de priſe à cette paſſion,

Et par une soudaine, & sensible merueille;
Jette la joye au cœur, par l'œil ou par l'oreille.

GENEST.

Cette gloire, Seigneur, me confond à tel poinct....

DIOCLETIAN.

Croy qu'elle est legitime, & ne t'en defends point.
Mais passons aux Autheurs, & dy nous quel ouurage
Aujourd'huy dans la Scene a le plus haut suffrage,
Quelle plume est en regne, & quel fameux Esprit
S'est acquis dans le Cirque vn plus iuste credit.

GENEST.

Les gousts sont diferends, & souuent le caprice
Establit ce credit, bien plus que la Iustice.

DIOCLETIAN.

Mais entr'autres encor, qui l'emporte, en ton sens?

GENEST.

Mon goust, à dire vray, n'est point pour les recents;
De trois ou quatre au plus, peut-estre la Memoire
Iusqu'aux siecles futurs, conseruera la gloire;
Mais de les égaler à ces fameux Autheurs,
Dont les derniers des temps seront adorateurs;

Et de voir leurs trauaux, auec la reuerence
Dont ie voy les escrits d'vn Plaute & d'vn Terence,
Et de ces doctes Grecs, dont les rares brillans
Font qu'ils viuent encor si beaux apres mil ans,
Et dont l'estime enfin ne peut estre effacée,
Ce seroit vous mentir, & trahir ma pensée.

DIOCLETIAN.

Ie sçay qu'en leurs escrits, l'Art & l'Inuention,
Sans doute, ont mis la Scene en sa perfection;
Mais ce que l'ón a veu, n'a plus la douce amorce,
Ny le vif aiguillon, dont la nouueauté force;
Et ce qui surprendra nos esprits & nos yeux,
Quoy que moins acheué, nous diuertira mieux.

GENEST,

Nos plus nouueaux sujets, les plus dignes de Rome,
Et les plus grãds efforts des veilles d'vn grãd Homme,
A qui les rares fruicts que la Muse produit,
Ont acquis dans la Scene vn legitime bruit;
(Et de qui certes l'Art, comme l'estime est juste,)
Portent les Noms fameux de Pompée & d'Auguste;
Ces Poëmes sans prix, où son illustre main,
D'vn pinceau sans pareil a peint l'esprit Romain,
Rendront de leurs beautez vostre oreille idolatre,
Et sont aujourd'huy l'ame & l'amour du Theatre.

VALERIE.

VALERIE.

I'ay ſceu la haute eſtime où l'on les a tenus,
Mais leurs ſujets enfin ſont des ſujets connus;
Et quoy qu'ils ayent de beau, la plus rare merueille,
Quand l'eſprit la connoit, ne ſurprend plus l'oreille;
Ton Art eſt toûjours meſme, & tes charmes égaux,
Aux ſujets anciens, auſsi bien qu'aux nouueaux;
Mais on vante ſur tout, l'inimitable adreſſe,
Dont tu feints d'vn Chreſtien le zele & l'allegreſſe,
Quand le voyant marcher du Bapteſme au trepas,
Il ſemble que les feux ſoient des fleurs ſous tes pas.

MAXIMIN.

L'épreuue en eſt aiſée.

DIOCLETIAN.

Elle ſera ſans peine,
Si voſtre Nom, Seigneur, nous eſt libre en la Scene;
Et la mort d'Adrian, l'vn de ces obſtinez,
Par vos derniers Arreſts n'agueres condamnez,
Vous ſera figurée auec vn art extréme,
Et ſi peu different de la verité méme,
Que vous nous auoüerez de cette liberté,
Où Ceſar à Ceſar ſera repreſenté;
Et que vous douterez, ſi dans Nicomedie,
Vous verrez l'effet meſme, ou bien la Comedie.

MAXIMIN.

Oüy, croy qu'auec plaisir ie seray spectateur
En la mesme action dont ie seray l'Acteur.
Va, prepare vn effort digne de la journée,
Où le Ciel m'honorant d'vn si juste Hymenée,
Met (par vne auanture incroyable aux Neueux)
Mon bon-heur & ma gloire, au dessus de mes vœux.

Fin du Premier Acte.

Variantes du II. Acte du St Genest de Mr de Rotrou.

f,,,,, p,,, MM-NN
p,,S,,p,,, + A-A
2, d, S,,,,,, 5481
m,,,d, Z.

Genest.

\+ +

Et vous souvenez-vous qu'il s'y faut exciter ?

Marcelle.

J'en prendrai vostre avis, oyez-moi réciter,
Car ce rolle me trouble, et j'aurai de la peine
A feindre à vostre gré cette amour surhumaine.

Genest.

Non, ces beaux sentiments ne vous messiéront pas
En les comprenant bien.

Marcelle.

Et voilà l'embarras !
Ce que vous trouvez beau me semble ridicule.
Comment rendre touchante une femme crédule
Qui mieux qu'un bel époux préfère un sot trépas,
Et comprendre un esprit qui ne se comprend pas !
Comment juger, sentir...

Genest.

Mais par analogie.
Jamais aucun objet préférable à la vie
Ne s'est-il emparé de vostre cœur ?

Marcelle.

D'accord.
Mais si pour ces objets j'avois souffert la mort,
Est-ce que je n'aurois pas au milieu des supplices
[illegible] leur costé autant de délices.

Genest.

Il faut estre chrestien...

Marcelle.

Non, il faut estre fou

Pour desirer si fort qu'on vous tranche le cou.
Prenez garde Genest d'encourir aucun blasme
A montrer ces Gens la forcés d'une Grand ame.
Déja mesme dans Rome on leur fait trop d'honneur
En les sortant au nom de l'Empereur.
Si je [illegible] plus jamais [illegible]
Que sans [illegible]

Genest.

De [illegible] est [illegible]
Pour [illegible]

Marcelle.

Rien.

Laissons libre couler le flot de leur demence
Qui ne debordera que par la resistance.

Genest.

C'est sagement ~~[illegible]~~ pensé, grave legislateur.
Mais restons comédiens aujourd'hui.

Marcelle.

Recitons ——— ——— ——— d'un Grand cœur.

Genest.

Si la Cour que vous avez charmée,
On sait que votre estime est assez confirmée;
Mais par ce rolle cy vous pouvez acquerir
Un renom que Ricastre a ne jamais mourir.

Marcelle.

Vous m'en croyez bien plus que je ne m'en ~~[illegible]~~ presume.
Or sans plus m'en flatter selon votre coutume,
Dites-moi...

Arrivent Sergeste & Octave.

Octave.

Nous voici. Tous habilés. Tous ~~[illegible]~~ prets.

Genest les examinant.

C'est bien, très bien.

Marcelle.

Sergeste, Octave, oyez vrai:

Comment me trouvez vous ?

~~[illegible]~~ Sorgente.

Ho! parfaitement belle.

Octave.

Oui, pourtant cette robe est trop riche Marcelle,
Car vous représentez une Prêtresse..

Marcelle. Bon!

Prêtresse par le cœur, mais par les habits, non.
C'est sous la jonchée d'or dont elle est embellie
Qu'elle cache à tous son [illegible] simple.

Octave.

Votre visage au moins [illegible] beau [illegible] flatteurs
[illegible] un [illegible] la couleur.
Vous avez trop de fard.

Marcelle.

— Vous croyez ?

Octave.

— Oui.

Marcelle.

— J'en doute.

Octave.

Que dit votre miroir ?

Marcelle.

Que vous n'y voyez goutte.

Je [illegible] bien. —

Octave.

Permettez....

Zanoff.

Non, non, point d'arguments.
Lorsque l'on réunit les deux titres charmants
De sa femme et d'actrice, on amour en toilette
N'a d'autre conseil pour n'agir qu'à sa tête.

Marcelle.

Pas une ! le conseiller parle tout de travers

Arrive encore Lentule qui dit :
La Cour viendra bientost.

Marcelle.

— Répetons quelque vers.

Genest

Le temps nous manque.

Marcelle

Là !

Genest à Lentule.

— Commandez qu'on allume.

Marcelle & Octave en s'en allant.

Je ne changerai rien visage ni costume —.

Genest tout seul.

Il serait Adrian jaloux d'estre vaincu.
Si ton Dieu veut ta mort × × × × × × &c.

ACTE II.

SCENE PREMIERE.

LE THEATRE S'OVVRE.

GENEST s'habillant, & tenant son Roole, considere le Theatre, & dit au Decorateur.

GENEST.

IL est beau; mais encor, auec peu de dépense,
Vous pouuiez adjoûter à sa magnificence;
N'y laisser rien d'aueugle, y mettre plus de jour,
Donner plus de hauteur aux trauaux d'alentour,
En marbrer les dehors, en jasper les colomnes,
Enrichir leurs timpans, leurs scimes, leurs couronnes,
Mettre en vos coloris plus de diuersité,
En vos carnations plus de viuacité,
Drapper mieux ces habits, reculer ces paysages,
Y lancer des jets d'eau, renfondrer leurs ombrages;

Et sur tout, en la toile où vous peignez vos Cieux,
Faire vn jour naturel, au jugement des yeux;
Au lieu que la couleur m'en semble vn peu meurtrie.

LE DECORATEVR,

Le temps nous a manqué, plûtost que l'industrie;
Ioint qu'on voit mieux de loin ces racourcissemens,
Ces corps sortant du plan de ces refondremens;
L'approche à ces desseins oste leurs perspectiues,
En cõfõd les faux jours, rẽd leurs couleurs moins viues,
Et comme à la Nature, est nuisible à nostre Art,
A qui l'éloignement semble apporter du fard.
La grace vne autrefois y sera plus entiere.

GENEST,

Le temps nous presse, allez, preparez la lumiere.

SCENE II.

GENEST seul, se promenant, & lisant son Roole, dit comme en repassant, & acheuant de s'habiller.

NE delibere plus, Adrian, il est temps;
De suiure auec ardeur ces fameux combattans;

Si la gloire te plaist, l'occasion est belle,
La querelle du Ciel à ce combat t'appelle;
La torture, le fer, & la flâme t'attend,
Offre à leurs cruautez vn cœur ferme & constant;
Laisse à de lâches cœurs verser d'indignes larmes,
Tendre aux Tyrans les mains, & mettre bas les armes;
Toy, rends la gorge au fer, vois-en couler ton sang,
Et meurs, sans t'ebranler, debout, & dans ton rang.

Il repete encor ces quatre derniers vers.

Laisse à de lâches cœurs, &c.

SCENE III.

MARCELE acheuant de s'habiller, & tenant son Roole.

DIeux! comment en ce lieu faire la Comedie?
De combien d'importuns i'ay la teste étourdie!
Combien à les oüyr, ie faits de languissans!
Par combien d'attentats i'entreprends sur les sens!
Ma voix rendroit les bois & les rochers sensibles;
Mes plus simples regards sont des meurtres visibles;

Ie foule autant de cœurs, que ie marche de pas;
La Trouppe, en me perdant, perdroit tous ses appas;
Enfin, s'ils disent vray, i'ay lieu d'estre bien vaine;
De ces faux Courtisans, toute ma Loge est plaine;
Et lasse au dernier poinct d'entendre leurs douceurs,
Je les en ay laissez absolus possesseurs;
Ie crains plus que la mort cette engeance Idolatre,
De Lutins importuns, qu'engendre le Theatre;
Et que la qualité de la profession,
Nous oblige à souffrir auec discretion.

GENEST.

Outre le vieil vsage où nous treuuons le Monde,
Les vanitez encor, dont vostre sexe abonde,
Vous font auec plaisir supporter cet ennuy,
Par qui tout vostre temps deuient le temps d'autruy.
Auez vous repassé cet endroit pathetique,
Où Flauie en sortant vous donne la replique?
Et vous souuenez-vous qu'il s'y faut exciter?

MARCELE luy baillant son Roole.

I'en prendray vostre aduis, oyez moy reciter.

Elle repete.

I'oze à present, ô Ciel, d'vne veuë asseurée,
Contempler les brillans de ta voûte azurée;

Et nier ces faux Dieux, qui n'ont iamais foulé
De ce Palais roulant, le lambris étoillé;
A ton pouuoir, Seigneur, mon Espoux rend hommage!
Il professe ta foy, ses fers t'en sont vn gage;
Ce redoutable fleau des Dieux sur les Chrestiens,
Ce Lyon alteré du sacré sang des tiens,
Qui de tant d'innocens crût la mort legitime,
De Ministre qu'il fut, s'offre enfin pour victime,
Et patient Agneau, tend à tes ennemis,
Vn Col à ton sainct joug heureusement soûmis.

GENEST.

Outre que dans la Cour que vous auez charmée,
On sçait que vostre estime est assez confirmée;
Ce recit me surprend, & vous peut acquerir
Vn renom au Theatre, à ne iamais mourir.

MARCELE.

Vous en croyez bien plus, que ie ne m'en presume.

GENEST.

Elle r'entre.

La Cour viendra bien-tost, commandez qu'on allume.

SCENE IV.

GENEST seul, repassant son Roole, & se promenant.

IL seroit, Adrian, honteux d'estre vaincu;
Si ton Dieu veut ta mort, c'est déja trop vescu;
J'ay veu, Ciel, tu le sçais, par le nombre des ames
Que i'osay t'enuoyer, par des chemins de flames,
Dessus les grils ardents, & dedans les taureaux,
Chanter les condamnez, & trembler les bourreaux.

Il repete ces quatre vers.

J'ay veu, Ciel, tu le sçais, &c.

Et puis ayant vn peu resvé, & ne regardant plus son Roole, il dit.

Dieux, prenez contre moy ma defence & la vostre;
D'effet, comme de nom, ie me treuue estre vn autre;
Ie feints moins Adrian, que ie ne le deuiens,
Et prends auec son nom, des sentimens Chrestiens;
Ie sçay (pour l'éprouuer) que par vn long étude,
L'art de nous transformer, nous passe en habitude;
Mais il semble qu'icy, des veritez sans fard,
Passent, & l'habitude, & la force de l'art,

Et

Et que Christ me propose vne gloire eternelle,
Contre qui ma defense est vaine & criminelle;
I'ay pour suspects, vos noms de Dieux & d'immortels;
Ie repugne aux respects qu'on rend à vos Autels;
Mon esprit à vos loix secrettement rebelle,
En conçoit vn mépris qui fait mourir son zele;
Et comme de profane, enfin sanctifié,
Semble se declarer, pour vn crucifié;
Mais où va ma pensée, & par quel priuilege
Presque insensiblement, passay-je au sacrilege?
Et du pouuoir des Dieux, perds-je le souuenir?
Il s'agit d'imiter, & non de deuenir.

Le Ciel s'ouure, auec des flâmes, & vne voix s'entend, qui dit.

Poursuy Genest ton personnage,
Tu n'imiteras point en vain;
Ton salut ne dépend, que d'vn peu de courage,
Et Dieu t'y prestera la main.

GENEST étonné, continuë.

Qu'entends-je, juste Ciel; & par quelle merueille,
Pour me toucher le cœur, me frappes-tu l'oreille?
Souffle, doux & sacré, qui me viens enflâmer,
Esprit Sainct & Diuin, qui me viens animer,

Et qui me souhaittant, m'inspires le courage,
Trauaille à mon salut, acheue ton ouurage;
Guide mes pas douteux dans le chemin des Cieux,
Et pour me les ouurir, dessille moy les yeux.
Mais ô vaine creance, & friuole pensée,
Que du Ciel cette voix me doiue estre adressée!
Quelqu'vn s'apperceuant du caprice où i'estois,
S'est voulu diuertir par cette feinte voix,
Qui d'vn si prompt effet m'excite tant de flâme,
Et qui m'a penetré jusqu'au profond de l'ame.
Prenez, Dieux, contre Christ, prenez vostre party,
Dont ce rebelle cœur s'est presque départy;
Et toy, contre les Dieux, ô Christ, prens ta defense,
Puis qu'à tes loix, ce cœur fait encor resistance;
Et dans l'onde agitée où flottent mes esprits,
Terminez vostre guerre, & m'en faites le prix;
Rendez-moy le repos dont ce trouble me priue.

SCENE V.

LE DECORATEVR, venant allumer les chandelles.
GENEST.

LE DECORATEVR.

HAstez-vous, il est temps, toute la Cour arriue.

GENEST.

Allons; Tu m'as distrait d'vn Roole glorieux,
Que ie representois deuant la Cour des Cieux;
Et de qui l'action, m'est d'importance extréme,
Et n'a pas vn objet moindre que le Ciel mesme;
Preparons la Musique, & laissons les placer.

LE DECORATEVR s'en allant, ayant allumé.

Il repassoit son Roole, & s'y veut surpasser.

SCENE VI

DIOCLETIAN, MAXIMIN, VALERIE, CAMILLE, PLANCIEN, SVITTE DE SOLDATS, GARDES.

VALERIE.

Mon goust, quoy qu'il en soit, est pour la Tragedie;
L'objet en est plus haut, l'action plus hardie;
Et les pensers pompeux & plains de majesté,
Luy donnent plus de poids & plus d'auctorité.

MAXIMIN.

Elle l'emporte enfin, par les illustres marques,
D'exemple des Heros, d'ornement des Monarques,

De regle & de mesure à leurs affections,
Par ses euenemens, & par ses actions.

PLANCIEN.

Le Theatre aujourd'huy, superbe en sa structure,
Admirable en son Art, & riche en sa peinture,
Promet pour le sujet, de mesmes qualitez.

MAXIMIN.

Les effets en sont beaux, s'ils sont bien imitez.
Vous verrez vn des miens d'vne insolente audace,
Au mépris de la part qu'il s'acquit en ma grace,
Au mépris de ses jours, au mépris de nos Dieux,
Affronter le pouuoir de la Terre & des Cieux;
Et faire à mon amour succeder tant de haine,
Que bien loin d'en souffrir le spectacle auec peine,
Ie verray d'vn esprit tranquille & satisfait,
De son zele obstiné, le déplorable effet,
Et remourir ce traistre apres sa sepulture,
Sinon en sa personne, au moins en sa figure.

DIOCLETIAN.

Pour le bien figurer, Genest n'oubliera rien;
Escoutons seulement, & tréue à l'entretien.

Vne voix chante auec vn Luth.

LA PIECE COMMENCE.

SCENE VII.

GENEST seul sur le Theatre éleué.
DIOCLETIAN, MAXIMIN, VALERIE, CAMILLE, PLANCIEN, GARDES, assis.
Suitte de Soldats.

GENEST, sous le nom d'ADRIAN.

Ne delibere plus, Adrian, il est temps,
De suiure auec ardeur ces fameux combattans;
Si la gloire te plaist, l'occasion est belle;
La querelle du Ciel, à ce combat t'appelle;
La torture, le fer, & la flâme t'attend;
Offre à leurs cruautez, vn cœur ferme & constant;
Laisse à de lâches cœurs verser d'indignes larmes,
Tendre aux Tyrãs les mains, & mettre bas les armes;
Toy, tends la gorge au fer, vois-en couler ton sang,
Et meurs, sans t'ébranler, debout, & dans ton rang.
La faueur de Cesar, qu'vn Peuple entier t'enuie,
Ne peut durer, au plus, que le cours de sa vie;
De celle de ton Dieu, non plus que de ses jours,
Iamais nul accident ne bornera le cours:

Déja de ce Tyran, la puiſſance irritée,
Si ton zele te dure, a ta perte arreſtée;
Il ſeroit, Adrian, honteux d'eſtre vaincu;
Si ton Dieu veut ta mort, c'eſt déja trop veſcu.
J'ay veu, Ciel, tu le ſçais, par le nombre des ames
Que i'oſay t'enuoyer, par des chemins de flames,
Deſſus les grils ardens, & dedans les Taureaux,
Chanter les condamnez, & trembler les Bourreaux;
I'ay veu tendre aux enfans vne gorge aſſeurée,
A la ſanglante mort qu'ils voyoient preparée;
Et tomber ſous le coup d'vn trépas glorieux,
Ces fruicts à peine éclos, déja murs pour les Cieux.
I'en ay veu, que le temps preſcrit par la Nature,
Eſtoit preſt de pouſſer dedans la ſepulture,
Deſſus les eſchaffauts preſſer ce dernier pas,
Et d'vn jeune courage, affronter le trepas;
I'ay veu mille beautez, en la fleur de leur âge,
A qui juſqu'aux Tyrans, chacun rendoit hommage,
Voir auecque plaiſir, meurtris & déchirez,
Leurs membres precieux, de tant d'yeux adorez;
Vous l'aués veu, mes yeux, & vo⁹ craindriez sãs hõte,
Ce que tout ſexe braue, & que tout âge affronte!
Cette vigueur, peut-eſtre, eſt vn effort humain?
Non, non, cette vertu, Seigneur, vient de ta main,
L'ame la puiſe au lieu de ſa propre origine,
Et comme les effets, la ſource en eſt Diuine.

C'est du Ciel que me vient cette noble vigueur,
Qui me fait des tourmens mépriser la rigueur;
Qui me fait deffier les puissances humaines,
Et qui fait que mon sang se déplaist dans mes veines;
Qu'il brûle d'arrouser cet Arbre precieux,
Où pend pour nous le fruict le plus chery des Cieux.
J'ay peine à conceuoir ce changement extréme,
Et sents que different, & plus fort que moy-méme,
I'ignore toute crainte; & puis voir sans terreur,
La face de la Mort, en sa plus noire horreur.
Vn seul bien que ie perds, la seule Natalie,
Qu'à mon sort vn sainct joug heureusement allie,
Et qui de ce sainct zele ignore le secret,
Parmy tant de ferueur, mesle quelque regret.
Mais que i'ay peu de cœur, si ce penser me touche!
Si proche de la mort, i'ay l'amour en la bouche!

SCENE VIII.

FLAVIE, Tribun representé par SERGESTE Comed.
ADRIAN, deux Gardes.

FLAVIE.

IE *croy, cher Adrian, que vous n'ignorez pas*
Quel important sujet adresse icy mes pas;

Toute la Cour en trouble, attend d'estre éclaircie,
D'vn bruit, dont au Palais vostre estime est noircie,
Et que vous confirmez par vostre éloignement;
Chacun, selon son sens, en croit diuersement;
Les vns, que pour railler, cette erreur s'est semée,
D'autres, que quelque sort a vostre ame charmée,
D'autres, que le venin de ces lieux infectez,
Contre vostre raison, a vos sens reuoltez;
Mais, sur tout, de Cesar la croyance incertaine,
Ne peut ou s'arrester, ny s'asseoir, qu'auec peine.

ADRIAN.

A qui dois-je le bien de m'auoir dénoncé?

FLAVIE.

Nous estions au Palais, où Cesar empressé
De grand nombre des siens, qui luy vantoient leur zele,
A mourir pour les Dieux, ou vanger leur querelle.
Adrian, (a-t'il dit) d'vn visage remis,
Adrian leur suffit contre tant d'ennemis,
Seul, contre ces mutins, il soûtiendra leur cause;
Sur son vnique soin, mon esprit se repose;
Voyant le peu d'effet que la rigueur produit,
Laissons éprouuer l'Art, où la force est sans fruit;
Leur obstination s'irrite par les peines;
Il est plus de captifs, que de fers & de chaisnes;

Les

Les cachots trop étroits, ne les contiennent pas;
Les Haches & les Croix, sont lasses de trépas;
La Mort, pour la trop voir, ne leur est plus sauuage;
Pour trop agir contr'eux, le feu perd son vsage;
En ces horreurs enfin, le cœur manque aux Bourreaux,
Aux Iuges la constance, aux Mourans les trauaux;
La douceur est souuent vne inuincible amorce,
A ces cœurs obstinez, qu'on aigrit par la force.
Titian, à ces mots, dans la salle rendu,
Ha! s'est-il écrié, Cesar, tout est perdu;
La frayeur à ce cry, par nos veines s'étalle,
Vn murmure confus se répand dans la salle.
Qu'est-ce, a dit l'Empereur, interdit & troublé,
Le Ciel s'est-il ouuert? le Monde a-t'il tremblé?
Quelque foudre lancé menasse-t'il ma teste?
Rome, d'vn étranger, est-elle la conqueste?
Ou quelque embrazement consomme-t'il ces lieux?
Adrian, a-t'il dit, pour Christ renonce aux Dieux.

ADRIAN.

Oüy sans doute, & de plus, à Cesar, à moy méme,
Et soûmets tout, Seigneur, à ton pouuoir supréme.

FLAVIE.

Maximin à ce mot, furieux, l'œil ardent,
(Signes auant-coureurs d'vn funeste accident)

Pâlit, frappe du pied, fremit, deteste, tonne,
Comme desesperé, ne connoit plus personne,
Et nous fait voir au vif le geste & la couleur
D'vn homme transporté d'amour & de douleur.
Et i'entends, Adrian, vanter encor son crime?
De Cesar, de son Maistre, il paye ainsi l'estime!
Et reconnoit si mal qui luy veut tant de bien!

ADRIAN.

Qu'il cesse de m'aimer, ou qu'il m'aime Chrestien.

FLAVIE.

Les Dieux, dont cõme nous, les Monarques dépẽdent,
Ne le permettent pas, & les Loix le defendent.

ADRIAN.

C'est le Dieu que ie sers, qui fait regner les Rois,
Et qui fait que la Terre en reuere les Loix.

FLAVIE.

Sa mort sur vn Gibet, marque son impuissance.

ADRIAN.

Dittes-mieux, son amour & son obeïssance.

FLAVIE.

Sur vne Croix, enfin.

ADRIAN.

Sur vn bois glorieux,
Qui fut moins vne Croix, qu'vne eschelle des Cieux.

FLAVIE.

Mais ce genre de mort, ne pouuoit estre pire.

ADRIAN.

Mais mourant de la mort il détruisit l'Empire.

FLAVIE.

L'Autheur de l'Uniuers entrer dans vn cercueil!

ADRIAN.

Tout l'Vniuers aussi s'en vit tendu de deüil.;
Et le Ciel effrayé, cacha ses luminaires.

FLAVIE.

Si vous vous repaissez de ces vaines chimeres;
Ce mépris de nos Dieux, & de vostre deuoir,
En l'esprit de Cesar, détruira vostre espoir.

ADRIAN.

Cesar m'abandonnant, Christ est mon asseurance;
C'est l'espoir des mortels, dépouillez d'esperance.

FLAVIE.

Il vous peut mesme oster vos biens si precieux.

ADRIAN.

I'en seray plus leger, pour monter dans les Cieux.

FLAVIE.

L'indigence est à l'homme un monstre redoutable.

ADRIAN.

Christ, qui fut Hôme & Dieu, nâquit dans vne étable;
Ie méprise vos biens, & leur fausse douceur,
Dont on est possedé, plûtost que possesseur.

FLAVIE.

Sa pieté l'oblige, autant que sa justice,
A faire des Chrestiens vn égal sacrifice.

ADRIAN.

Qu'il fasse, il tarde trop.

FLAVIE.

Que vostre repentir!

ADRIAN.

Non, non, mon sang, Flauie, est tout prest à sortir.

FLAVIE.

Si vous vous obſtinez, voſtre perte eſt certaine.

ADRIAN.

L'attente m'en eſt douce, & la menace vaine.

FLAVIE.

Quoy, vous n'ouurirez point l'oreille à mes aduis?
Aux ſoûpirs de la Cour, aux vœux de vos amis?
A l'amour de Ceſar, aux cris de Natalie,
A qui ſi recemment vn ſi beau nœud vous lie?
Et vous voudriez ſouffrir, que dans cet accident,
Ce Soleil de beauté treuuat ſon occident?
A peine, depuis l'heure, à ce nœud deſtinée,
A-t'elle veu flamber les torches d'Hymenée;
Encor ſi quelque fruict de vos chaſtes amours,
Deuoit apres la mort perpetuer vos jours!
Mais vous voulez mourir auecque la diſgrace,
Déteindre voſtre Nom auecque voſtre race,
Et ſuiuant la fureur d'vn aueugle tranſport,
Nous eſtre tout rauy, par vne ſeule mort!
Si voſtre bon Genie attend l'heure opportune,
Sçauez-vous les emplois dont vous courez fortune?
L'eſpoir vous manque-t'il? & n'ozez vous ſonger,
Qu'auant qu'eſtre Empereur, Maximin fut Berger?

Pour peu que ſa faueur vous puiſſe eſtre conſtante,
Quel defaut vous defend vne pareille attente?
Quel mépris obſtiné des hommes & des Dieux,
Vous rend indifferents & la Terre & les Cieux?
Et comme ſi la mort, vous eſtoit ſouhaittable,
Fait que pour l'obtenir, vous vous rendez coupable;
Et vous faites Ceſar & les Dieux ennemis?
Peſez-en le ſuccez d'vn eſprit plus remis;
Celuy n'a point peché, de qui la repentance
Témoigne la ſurpriſe, & ſuit de pres l'offence.

ADRIAN.

La grace dont le Ciel a touché mes eſprits,
M'a bien perſuadé, mais ne m'a point ſurpris;
Et me laiſſant toucher à cette repentance,
Bien loin de reparer, ie commettrois l'offence.
Allez, ny Maximin, courtois ou furieux,
Ny ce foudre qu'on peint en la main de vos Dieux,
Ny la Cour, ny le Trône, auec tous leurs charmes,
Ny Natalie enfin auec toutes ſes larmes,
Ny l'Vniuers rentrant dans ſon premier cahos,
Ne diuertiroient pas vn ſi ferme propos.

FLAVIE.

Peſez bien les effets qui ſuiuront mes paroles.

ADRIAN.

Ils seront saus vertu, comme elles sont friuoles.

FLAVIE.

Si raison ny douceur ne vous peut émouuoir;
Mon ordre va plus loin.

ADRIAN.

Faites vostre deuoir.

FLAVIE.

C'est de vous arrester, & vous charger de chaines,
Si, comme ie vous dis, l'vne & l'autre sont vaines.

ADRIAN presentant ses bras aux fers, que les Gardes luy attachent.

Faites; ie receuray ces fardeaux precieux,
Pour les premiers presens qui me viennent des Cieux;
Pour de riches faueurs, & de superbes marques,
Du Cesar des Cesars, & du Roy des Monarques:
Et i'iray sans contrainte, où d'vn illustre effort,
Les Soldats de Iesus triomphent de la mort. Ils sortent tous.

SCENE IX.

DIOCLETIAN, MAXIMIN, &c.

DIOCLETIAN.

EN cet Acte, Geneſt, à mon gré ſe ſurpaſſe.

MAXIMIN.

Il ne ſe peut rien feindre auecque plus de grace.

VALERIE ſe leuant.

L'intermede permet de l'en feliciter,
Et de voir les Acteurs.

DIOCLETIAN.

Il ſe faut donc hâter.

ACTE III.

ACTE III.

SCENE PREMIERE.

DIOCLETIAN, MAXIMIN, VALERIE, CAMILLE, PLANCIEN,
Suitte de Gardes & de Soldats.

VALERIE, deſcendant du Theatre.

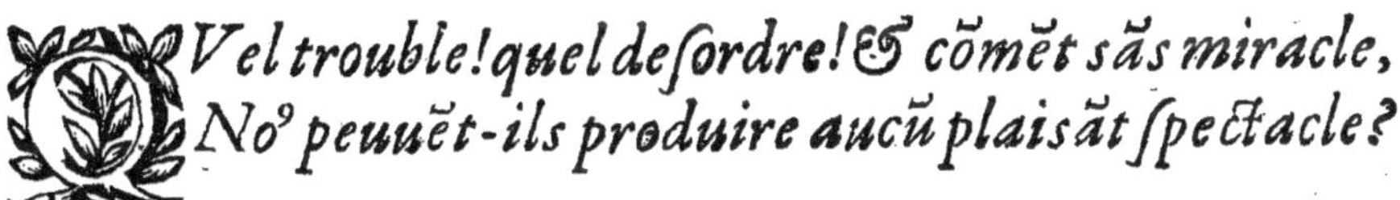

Vel trouble! quel deſordre! & cõmẽt sãs miracle,
Noꝰ peuuẽt-ils produire aucũ plaisãt ſpectacle?

CAMILLE.

Certes à voir entr'eux, cette confuſion,
L'ordre de leur recit, ſemble vne illuſion.

MAXIMIN.

L'art en eſt merueilleux, il faut que ie l'aduouë;
Mais l'Acteur qui paroiſt eſt celuy qui me jouë;
Et qu'auec Geneſt, i'ay veu ſe concerter.
Voyons de quelle grace il ſçaura m'imiter.

SCENE II.

MAXIMIN, representé par Octaue Comed.
ADRIAN chargé de fers; FLAVIE,
Suite de Gardes & de Soldats.

MAXIMIN Acteur.

Sont-ce là les faueurs, traitre, sont-ce les gages,
De ce maistre nouuau, qui reçoit tes hommages?
Et qu'au mespris des droicts, & du culte des Dieux,
L'impieté Chrestienne, oze placer aux Cieux?

ADRIAN.

La nouueauté, Seigneur, de ce Maistre des Maistres,
Est deuant tous les temps, & deuant tous les estres;
C'est luy, qui du neant a tiré l'Vniuers,
Luy, qui dessus la terre a répandu les mers;
Qui de l'air estendit les humides contrées,
Qui sema de brillants, les voûtes azurées,
Qui fit naistre la guerre entre les Elemens,
Et qui regla des Cieux, les diuers mouuemens.
La Terre, à son pouuoir, rend vn muet hommage,
Les Roys sont ses suiets, le Monde est son partage;

Si l'onde est agitée, il la peut affermir;
S'il querelle les vents, ils n'ozent plus fremir;
S'il commande au Soleil, il arreste sa course;
Il est Maistre de tout, comme il en est la source;
Tout subsiste par luy, sans luy rien n'eut esté;
De ce Maistre, Seigneur, voila la nouueauté.
Voyez si sans raison il reçoit mes hommages,
Et si sans vanité i'en puis porter les gages.
Oüy ces chaisnes, Cesar, ces fardeaux glorieux,
Sont aux bras d'vn Chrestien, des presens precieux;
Deuãt nous, ce cher Maistre en eut les mains chargées,
Au feu de son amour, il nous les a forgées;
Loin de nous accabler, leur faix est nostre appuy,
Et c'est par ces chaisnons, qu'il nous attire à luy.

MAXIMIN Acteur.

Dieux! à qui pourrons-nous nous confier sans crainte,
Et de qui nous promettre vne amitié sans feinte!
De ceux que la Fortune attache à nos costez?
De ceux que nous auons moins acquis, qu'achetez?
Qui sous des fronts soûmis cachent des cœurs rebelles?
Que par trop de credit, nous rendons infidelles?
O dure cruauté du destin de la Cour,
De ne pouuoir souffrir d'inuiolable amour!
De franchise sans fard, de vertu qu'offusquée,
De deuoir que contraint, ny de foy que masquée!

Qu'entreprends-je, chetif, en ces lieux écartez,
Où Lieutenant des Dieux, justement irritez,
Ie faits d'vn bras vengeur éclatter les tempestes,
Et poursuy des Chrestiens, les sacrileges testes!
Si tandis que i'en prends vn inutile soin,
Je voy naistre chez moy, ce que ie suy si loin;
Ce que i'extirpe icy, dans ma Cour prend racine,
I'éleue aupres de moy, ce qu'ailleurs i'extermine;
Ainsi nostre fortune, auec tout son éclat,
Ne peut (quoy qu'elle fasse) acheter vn ingrat.

ADRIAN.

Pour croire vn Dieu, Seigneur, la liberté de croire,
Est-elle en vostre estime vne action si noire?
Si digne de l'excés où vous vous emportez,
Et se peut-il souffrir de moindres libertez?
Si jusques à ce jour vous auez crû ma vie,
Inaccessible mesme aux assauts de l'enuie;
Et si les plus censeurs ne me reprochent rien,
Qui m'a fait si coupable, en me faisant Chrestien?
Christ reprouue la fraude, ordonne la franchise,
Condamne la richesse, injustement acquise;
D'vne illicite amour, defend l'acte innocent,
Et de tremper ses mains dans le sang innocent;
Treuuez-vous en ces Loix aucune ombre de crime,
Rien de honteux aux siens, & rien d'illegitime?

I'ay contr'eux éprouué tout ce qu'eut pû l'Enfer,
I'ay veu couler leur sang sous des ongles de fer;
I'au veu boüillir leur corps dans la poids & les flâmes,
I'ay veu leur chair tomber sous de flambantes lames;
Et n'ay rien obtenu de ces cœurs glorieux,
Que de les auoir veus pousser des chants aux Cieux,
Prier pour leurs Bourreaux au fort de leur martyre,
Pour vos prosperitez, & pour l'heur de l'Empire.

MAXIMIN Acteur.

Insolent, est-ce à toy de te choisir des Dieux?
Les miens, ceux de l'Empire, & ceux de tes ayeux,
Ont-ils trop foiblement étably leur puissance,
Pour t'arrester au joug de leur obeïssance?

ADRIAN.

Je cherche le salut, qu'on ne peut esperer
De ces Dieux de metail, qu'on vous voit adorer.

MAXIMIN Acteur.

Le tien, si cette humeur s'obstine à me déplaire,
Te garentira mal des traits de ma colere,
Que tes impietez attireront sur toy.

ADRIAN.

I'en pareray les coups, du bouclier de la Foy.

MAXIMIN Acteur.

Crains de voir, & bien-toſt, ma faueur negligée,
Et l'injure des Dieux cruellement vengée;
De ceux que par ton ordre on a veus déchirez,
Que le fer a meurtris, & le feu deuorez,
Si tu ne diuertis la peine où tu t'expoſes,
Les plus cruels tourmens n'auront eſté que Roſes.

ADRIAN.

Nos corps eſtans peris, nous eſperons qu'ailleurs
Le Dieu que nous ſeruons, nous les rendra meilleurs.

MAXIMIN Acteur.

Traiſtre, iamais ſommeil n'enchantera mes peines,
Que ton perfide ſang, épuiſé de tes veines,
Et ton cœur ſacrilege, aux corbeaux expoſé,
N'ait rendu de nos Dieux le courroux appaiſé.

ADRIAN.

La mort dont ie mouray, ſera digne d'enuie,
Quand ie perdray le jour pour l'Autheur de la vie.

MAXIMIN Acteur.

Allez, dans vn cachot accablez-le de fers,
Raſemblez tous les maux que ſa ſecte a ſouffers.

Et faites à l'enuy, contre cet infidelle.

ADRIAN.

Dittes ce conuerty.

MAXIMIN Acteur.

Paroistre vostre zele;
Imaginez, forgez; le plus industrieux,
A le faire souffrir, sera le plus pieux;
I'emploiray ma Justice, où ma faueur est vaine;
Et qui fuit ma faueur, éprouuera ma haine.

ADRIAN s'en allant..

Comme ie te soûtiens, Seigneur, sois mon soûtien,
Qui commence à souffrir, commence d'estre tien.

Flauie emmene Adriã auec des Gardes.

SCENE III.

MAXIMIN Acteur. GARDES.

MAXIMIN Act.

Dieux! vous auez un foudre, & cette felonnie
Ne le peut allumer, & demeure impunie!

Vous conſeruez la vie, & laiſſez la clarté
A qui vous veut rauir voſtre immortalité!
A qui contre le Ciel ſoûleue vn peu de terre,
A qui veut de vos mains arracher le tonnerre,
A qui vous entreprend & vous veut détrôner,
Pour vn Dieu qu'il ſe forge, & qu'il veut couronner.
Inſpirez-moy, grãds Dieux! inſpirez moy des peines,
Dignes de mon couroux, & dignes de vos haines,
Puis qu'à des attentats de cette qualité,
Vn ſupplice commun, eſt vne impunité.

SCENE IV.

FLAVIE ramenant Adrian à la priſon, ADRIAN, LE GEOLIER, GARDES.

FLAVIE au Geolier.

L'Ordre exprés de Ceſar le commet en ta garde.

LE GEOLIER.

Le voſtre me ſuffit, & ce ſoin me regarde.

SCENE V.

SCENE V.

NATALIE, FLAVIE, ADRIAN, LE GEOLIER.

NATALIE.

O *Nouuelle trop vraye! est-ce là mon Espoux?*

FLAVIE.

Nostre dernier espoir ne consiste qu'en vous;
Rendez-le nous à vous, à Cesar, à luy-méme.

NATALIE.

Si l'effet n'en dépend que d'vn desir extréme.....

FLAVIE.

Ie vais faire esperer cet heureux changement;
Voyez le.

Flauie s'en va auec les Gardes, & le Geolier se retire.

ADRIAN.

Tais-toy femme, & m'écoute vn moment.
Par l'vsage des Gents, & par les Loix Romaines,
La demeure, les biens, les delices, les peines,

Tout espoir, tout profit, tout humain interest,
Doiuent estre communs, à qui la couche l'est;
Mais que comme la vie, & comme la Fortune,
Leur creance toûjours leur doiue estre commune,
D'étendre jusqu'aux Dieux cette communauté;
Aucun droict n'établit cette necessité.
Supposons toutesfois que la Loy le desire,
Il semble que l'Espoux, comme ayant plus d'Empire,
Ait le droict le plus juste, ou le plus specieux,
De prescrire chez soy le culte de ses Dieux.
Ce que tu vois enfin, ce corps chargé de chaisnes,
N'est l'effet ny des Loix, ny des raisons humaines;
Mais dequoy des Chrestiens i'ay reconnu le Dieu,
Et dit à vos Autels vn eternel adieu.
Ie l'ay dit, ie le dis, & trop tard pour ma gloire,
Puis qu'enfin ie n'ay crû, qu'estant forcé de croire;
Qu'apres les auoir veus, d'vn visage serain,
Pousser des chãts aux Cieux dãs des taureaux d'airain;
D'vn souffle, d'vn regard, jetter vos Dieux par terre,
Et l'argille & le bois, s'en briser comme verre;
Ie les ay combattus, ces effets m'ont vaincu;
J'ay reconnu par eux l'erreur où i'ay vescu;
J'ay veu la verité, ie la suy, ie l'embrasse;
Et si Cesar pretend par force, par menasse,
Par offres, par conseil, ou par allechemens,
Et toy, ny par soûpirs, ny par embrassemens,

Esbranler vne foy si ferme & si constante,
Tous deux vous vous flattez d'vne inutile attente.
Reprens sur ta franchise vn Empire absolu,
Que le nœud qui nous joint, demeure resolu;
Vefue dés à present, par ma mort prononcée,
Sur vn plus digne objet, adresse ta pensee;
Ta jeunesse, tes biens, ta vertu, ta beauté,
Te feront mieux treuuer, que ce qui t'est osté.
Adieu; Pourquoy (cruelle à de si belles choses)
Noyes-tu de tes pleurs ces œillets & ces roses?
Bien-tost, bien-tost le sort, qui t'oste ton Espoux,
Te fera respirer sous vn Hymen plus doux.
Que fais-tu? tu me suis! quoy tu m'aimes encore?
O si de mon desir l'effet pouuoit éclore;
Ma sœur, (c'est le seul nom dont ie te puis nommer)
Que sous de douces Loix nous nous pourrions aymer! L'embrassant.
Tu sçaurois que la mort, par qui l'ame est rauie,
Est la fin de la mort, plustost que de la vie!
Qu'il n'est amour ny vie en ce terrestre lieu,
Et qu'on ne peut s'aimer, ny viure qu'auec Dieu.

NATALIE l'embrassant.

O d'vn Dieu tout puissant, merueilles souueraines!
Laisse moy, cher Espoux, prendre part en tes chaisnes!
Et si ny nostre Hymen, ny ma chaste amitié,
Ne m'ont assez acquis le nom de ta moitié,

Permets que l'alliance enfin s'en accompliſſe,
Et que Chriſt de ces fers, aujourd'huy nous vniſſe.
Croy qu'il ſeront pour moy, d'indiſſolubles nœuds,
Dont l'étrainte en toy ſeul ſçaura borner mes vœux.

ADRIAN.

O Ciel! ô Natalie! ah! ſaincte flâme,
Ie r'allume mes feux, & reconnois ma femme;
Puis qu'au chemin du Ciel, tu veux ſuiure mes pas,
Sois mienne, chere Eſpouſe, au dela du trépas.
Que mes vœux, que ta foy; mais tire-moy de peine,
Ne me flattay-je point d'vne creance vaine?
D'où te vient le beau feu qui t'échauffe le ſein?
Et quand as-tu conceu ce genereux deſſein?
Par quel heureux motif?

NATALIE.

Ie te vais ſatisfaire.
Il me fut inſpiré; preſque aux flancs de ma mere;
Et preſque en meſme inſtant le Ciel verſa ſur moy
La lumiere du jour, & celle de la Foy.
Il fit qu'auec le laict, pendante à la mammelle,
Ie ſuçcay des Chreſtiens la creance & le zele;
Et ce zele, auec moy, crût juſqu'à l'heureux jour,
Que mes yeux, ſans deſſein, m'acquirent ton amour.
Tu ſçais, s'il t'en ſouuient, de quelle reſiſtance
Ma mere, en cette amour, combattit ta conſtance;

Non qu'vn si cher party ne nous fut glorieux,
Mais pour sa repugnance au culte de tes Dieux;
De Cesar toutefois, la supréme puissance,
Obtint ce triste adueu de son obeïssance;
Ses larmes seulement marquerent ses douleurs,
Car qu'est-ce qu'vne Esclaue a de plus, que des pleurs?
Enfin le iour venu, que ie te fus donnée,
Va, me dit-elle à part, va fille infortunée,
Puis qu'il plaist à Cesar; mais sur tout souuien-toy,
D'estre fidelle au Dieu, dont nous suiuons la Loy,
De n'adresser qu'à luy tes vœux, ny tes prieres,
De renoncer au jour, plûtost qu'à ses lumieres,
Et detester autant les Dieux de ton Espoux,
Que ses chastes baisers te doiuent estre doux.
Au defaut de ma voix, mes pleurs luy répondirent,
Tes gens dedans ton Char aussi-tost me rendirent,
Mais l'esprit si remply de cette impression,
Qu'à peine eus-je des yeux pour voir ta passion;
Et qu'il fallut du temps pour ranger ma franchise,
Au poinct où ton merite à la fin l'a soûmise.
L'œil qui voit dãs les cœurs clair comme dãs les Cieux,
Sçait quelle auersion i'ay depuis pour tes Dieux;
Et depuis nostre Hymen, iamais le culte impie,
(Si tu l'as obserué) ne m'a cousté d'Hostie;
Iamais sur leurs Autels mes encens n'ont fumé;
Et lors que ie t'ay veu de fureur enflâmé,

Y faire tant offrir d'innocentes victimes,
I'ay soubaitté cent fois de mourir pour tes crimes;
Et cent fois vers le Ciel, témoin de mes douleurs,
Poussé pour toy des vœux, accompagnez de pleurs.

ADRIAN.

Enfin ie reconnois, ma chere Natalie,
Qe ie dois mon salut au sainct nœud qui nous lie;
Permets moy toutesfois de me plaindre à mon tour,
Me voyant te cherir d'vne si tendre amour,
Y pouuois-tu répondre, & me tenir cachée
Cette celeste ardeur, dont Dieu t'auoit touchée?
Peux-tu, sans t'émouuoir, auoir veu ton Espoux,
Contre tant d'innocens exercer son courroux?

NATALIE.

Sans m'émouuoir, helas! le Ciel sçait si tes armes
Versoient iamais de sang, sans me tirer des larmes;
Ie m'en émeus assez; mais eussay-je esperé
De reprimer la soif d'vn Lyon alteré?
De contenir vn fleuue inondant vne terre,
Et d'arrester dans l'air la cheute d'vn tonnerre?
I'ay failly toutesfois, i'ay deu parer tes coups,
Ma crainte fut coupable, autant que ton couroux;
Partageons donc la peine, aussi bien que les crimes,
Si ces fers te sont deubs, ils me sont legitimes,

Tous deux dignes de mort, & tous deux resolus,
Puis que nous voicy joints, ne nous separons plus;
Qu'aucun tẽps, qu'aucun lieu, iamais ne nous diuisent,
Vn supplice, vn cachot, vn Iuge, nous suffisent.

ADRIAN.

Par vn ordre celeste, aux mortels inconnu,
Chacun part de ce lieu, quand son temps est venu;
Suy cet ordre sacré, que rien ne doit confondre,
Lors que Dieu nous appelle, il est temps de répondre;
Ne pouuant auoir part en ce combat fameux,
Si mon cœur au besoin ne répond à mes vœux;
Merite, en m'animant, ta part de la Couronne,
Qu'en l'Empire eternel, le martyre nous donne;
Au defaut du premier, obtiens le second rang,
Acquiers par tes souhaits, ce qu'on nie à ton sang,
Et dedans le peril, m'aßiste en cette guerre.

NATALIE.

Bien donc, choisi le Ciel, & me laisse la Terre.
Pour ayder ta constance, en ce pas perilleux,
Ie te suiuray par tout, & jusques dans les feux;
Heureuse, si la Loy qui m'ordonne de viure,
Iusques au Ciel enfin me permet de te suiure;
Et si de ton Tyran le funeste courroux
Passe jusqu'à l'Espouse, ayant meurtry l'Espoux.

Tes gens me rendront bien ce fauorable office,
De garder qu'à mes soins Cesar ne te rauisse,
Sans en apprendre l'heure, & m'en donner aduis;
Et bien-tost de mes pas, les tiens seront suiuis;
Bien-tost.....

ADRIAN.

Espargne leur cette inutile peine,
Laisse m'en le soucy, leur veille seroit vaine;
Ie ne partiray point de ce funeste lieu,
Sans ton dernier baiser, & ton dernier adieu;
Laisses-en sur mon soin reposer ton attente.

SCENE VI.

FLAVIE, GARDES, ADRIAN, NATALIE.

FLAVIE.

AVx desseins importans, qui craint impatiente;
Et bien qu'obtiendrons-nous? vos soins officieux,
A vostre Espoux aueugle, ont-ils ouuert les yeux?

NATALIE.

Nul interest humain, nul respect ne le touche;
Quand i'ay voulu parler, il m'a fermé la bouche;

Et

Et deteſtant les Dieux, par vn long entretien,
A voulu m'engager dans le culte du ſien;
Enfin, ne tentez plus vn deſſein impoſſible,
Et gardez que heurtant ce cœur inacceſſible,
Vous ne vous y bleſſiez, penſant le ſecourir,
Et ne gagniez le mal, que vous voulez guerir;
Ne vueilliez point ſon bien à voſtre prejudice,
Souffrez, ſouffrez pluſtoſt, que l'obſtiné periſſe;
Rapportez à Ceſar noſtre inutile effort;
Et ſi la Loy des Dieux fait conclure à ſa mort,
Que l'effet prompt & court en ſuiue la menace,
I'implore ſeulement cette derniere grace;
Si de plus doux ſuccés n'ont ſuiuy mon eſpoir,
I'ay l'aduantage au moins d'auoir fait mon deuoir.

FLAVIE.

O vertu ſans égale, & ſur toutes inſigne!
O d'vne digne Eſpouſe, Eſpoux ſans doute indigne!
Auec quelle pitié le peut-on ſecourir,
Si ſans pitié de ſoy, luy meſme il veut perir?

NATALIE.

Allez; n'eſperez pas que ny force ny crainte
Puiſſent rien, où mes pleurs n'ont fait aucune atteinte;
Ie connois trop ſon cœur, i'en ſçay la fermeté,
Incapable de crainte & de legereté;

A regret contre luy ie rends ce témoignage,
Mais l'interest du Ciel à ce deuoir m'engage;
Encor vn coup, cruel, au nom de nostre amour,
Au nom sainct & sacré de la celeste Cour,
Reçoy de ton Espouse vn conseil salutaire,
Deteste ton erreur, rends-toy le Ciel prospere;
Songe & propose toy, que tes trauaux presens,
Comparez aux futurs, sont doux, ou peu cuisans!
Voy combien cette mort importe à ton estime!
D'où tu sorts, où tu vas, & quel objet t'anime!

ADRIAN.

Mais toy, contien ton zele, il m'est assez connu;
Et songe que ton temps n'est pas encor venu;
Que ie te vais attendre à ce port desirable;
Allons, executez le decret fauorable,
Dont i'attends mon salut, plûtost que le trépas.

FLAVIE le liurant au Geolier, & s'en allant,

Vous en estes coupable, en ne l'éuitant pas.

SCENE VII.

NATALIE seule.

I'Ose à present, ô Ciel, d'vne veuë asseurée,
Contempler less brillans de ta voûte azurée;
Et nier ces faux Dieux, qui n'ont iamais foulé
De ce Palais roullant, le lambris étoillé.
A ton pouuoir, Seigneur, mon Espoux rend hommage;
Il professe ta Foy, ses fers t'en sont vn gage;
Ce redoutable fleau des Dieux sur les Chrestiens,
Ce Lyon alteré du sacré sang des tiens,
Qui de tant d'innocens crût la mort legitime,
De Ministre qu'il fut, s'offre enfin pour victime;
Et patient Agneau, tend à tes ennemis
Vn col à ton sainct joug heureusement soûmis.
Rompons, apres sa mort, nostre honteux silence;
De ce lâche respect, forçons la violence;
Et disons aux Tyrans, d'vne constante voix,
Ce qu'à Dieu, du penser nous auons dit cent fois.
Donnons air au beau feu dont nostre ame est pressée;
En cette illustre ardeur, mille m'ont deuancée;

D'obstacles infinis, mil ont sceu triomfer,
Cecile des tranchants, Prisque des dents de fer,
Fauste des plombs boüillans, Dipne de sa Noblesse,
Agathe de son sexe, Agnés de sa jeunesse,
Tecle de son Amant, & toutes du trépas;
Et ie repugnerois à marcher sur leurs pas! Elle r'entre.

SCENE VIII.

GENEST, DIOCLETIAN, MAXIMIN, &c.

GENEST.

SEigneur, le bruit confus d'une foule importune,
De gens qu'à vostre suitte attache la fortune,
Par le trouble où nous met cette incommodité,
Altere les plaisirs de vostre Majesté,
Et nos Acteurs confus de ce desordre extréme.....

DIOCLETIAN se leuant, auec toute la Cour.

Il y faut donner ordre, & l'y porter nous-mesme.
De vos Dames, la jeune & courtoise beauté,
Vous attire toûjours cette importunité.

Fin du Troisiéme Acte.

ACTE IV.

SCENE PREMIERE.

DIOCLETIAN, MAXIMIN, VALERIE, CAMILLE, PLANCIEN, GARDES, deſcendans du Theatre.

VALERIE à Diocletian.

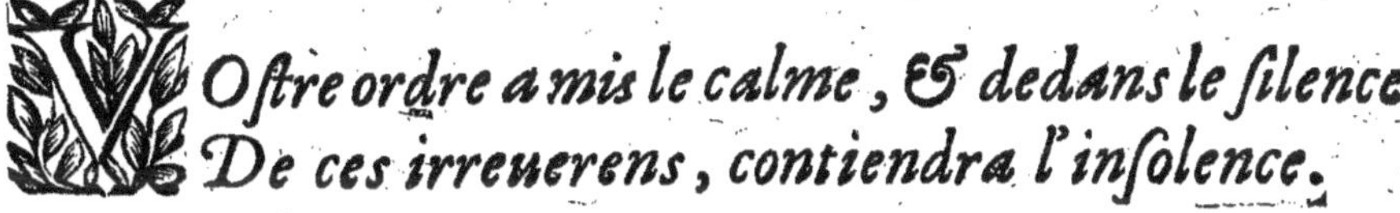

VOſtre ordre a mis le calme, & dedans le ſilence
De ces irreuerens, contiendra l'inſolence.

DIOCLETIAN.

Eſcoutons; car Geneſt dedans cette action,
Paſſe aux derniers efforts de ſa Profeſſion.

SCENE II.

ADRIAN, FLAVIE, GARDES, DIOCLETIAN, MAXIMIN, VALERIE, CAMILLE, PLANCIEN, SVITE DE GARDES.

FLAVIE.

SI le Ciel, Adrian, ne t'eſt bien-toſt propice,
D'vn infaillible pas tu cours au precipice;
I'auois veu, par l'eſpoir d'vn proche repentir,
De Ceſar irrité, le courroux s'allentir;
Mais quand il a connu nos prieres, nos peines,
Les larmes de ta femme, & ſon attente vaines;
(L'œil ardent de colere, & le teint paliſſant,)
Amenez (a-t'il dit d'vn redoutable accent)
Amenez ce perfide, en qui mes bons offices,
Rencontrent aujourd'huy le plus lâche des vices
Et que l'ingrat apprenne à quelle extrémité
Peut aller la fureur d'vn Monarque irrité.
Paſſant de ce diſcours, s'il faut dire à la rage
Il inuente, il ordonne, il met tout en vſage;

Et si le repentir de ton aueugle erreur
N'en détourne l'effet, & n'éteint sa fureur......

ADRIAN.

Que tout l'effort, tout l'art, toute l'adresse humaine,
S'vnisse pour ma perte, & conspire à ma peine;
Celuy qui d'vn seul mot crea châque Element,
Leur donnant l'action, le poids, le mouuement,
Et prestant son concours à ce fameux ouurage,
Se retint le pouuoir d'en suspendre l'vsage;
Le feu ne peut brûler, l'air ne sçauroit mouuoir,
Ny l'eau ne peut couler, qu'au gré de son pouuoir;
Le fer, solide sang des veines de la terre,
Et fatal instrument des fureurs de la guerre,
S'émousse, s'il l'ordonne, & ne peut penetrer,
Où son pouuoir s'oppose, & luy defend d'entrer:
Si Cesar m'est cruel, il me sera prospere,
C'est luy que ie soûtiens, c'est en luy que i'espere;
Par son soin tous les jours, la rage des Tyrans,
Croit faire des vaincus, & fait des Conquerans.

FLAVIE.

Souuent en ces ardeurs la mort qu'on se propose,
Ne semble qu'vn ébat, qu'vn souffle, qu'vne rose;
Mais quãd ce Spectre affreux sous vn front inhumain,
Les tenailles, les feux, les haches à la main,

Commence à nous paroistre, & faire ses approches;
Pour ne s'effrayer pas, il faut estre des roches;
Et nostre repentir, en cette occasion,
S'il n'est vain, pour le moins tourne à confusion.

ADRIAN.

I'ay contre les Chrestiens seruy long-temps vos haines,
Et i'appris leur constance, en ordonnant leurs peines.
Mais auant que Cesar ait prononcé l'Arrest,
Dont l'execution me treuuera tout prest,
Souffrez que d'vn adieu i'acquitte ma promesse,
A la chere moitié que Dieu veut que ie laisse;
Et que pour dernier fruict de nostre chaste amour,
Ie prenne congé d'elle, en le prenant du jour.

FLAVIE.

Allons, la pieté m'oblige à te complaire;
Mais ce retardement aigrira sa colere.

ADRIAN.

Le temps en sera court, deuancez moy d'vn pas.

FLAVIE.

Marchons, le zele ardent que ie porte au trépas,
Nous est de sa personne vne assez seure garde.

VN GARDE.

VN GARDE.

Qui croit vn prisonnier, toutefois le hazarde.

ADRIAN.

Mon ardeur & ma foy me gardent seurement;
N'auancez rien qu'vn pas, ie ne veux qu'vn moment.

Ils s'en vont.

SCENE III.

ADRIAN seul continuë.

MA chere Natalie, auec quelle allegresse
Verras tu ma visite acquitter ma promesse!
Combien de saincts baisers! combien d'embrassemens,
Produiront de ton cœur les secrets mouuemens!
Prens, ma sensible ardeur, prens conseil de ma flâme,
Marchons asseurément sur les pas d'vne femme;
Ce sexe qui ferma, r'ouurit depuis les Cieux;
Les fruits de la vertu sont par tout precieux;
Ie ne puis souhaiter de guide plus fidelle;
I'approche de la porte, & l'on ouure, c'est elle.

SCENE IV.

NATALIE, ADRIAN.

ADRIAN *la voulant embrasser.*

ENfin chere moitié....

NATALIE *se retirant, & luy fermant la porte.*

Comment, seul, & sans fers?
Est-ce là ce Martyr, ce vainqueur des Enfers?
Dont l'illustre courage, & la force infinie,
De ses persecuteurs, brauoient la tyrannie?

ADRIAN.

Ce soupçon, ma chere ame!

NATALIE.

Apres ta lâcheté,
Va, ne me tiens plus, traistre, en cette qualité;
Du Dieu que tu trahis, ie partage l'injure;
Moy l'ame d'vn Payen! moy l'ame d'vn parjure!

Moy l'ame d'vn Chrestien qui renonce à sa Loy!
D'vn homme enfin sans cœur, & sans ame, & sans foy!

ADRIAN.

Daigne m'entendre vn mot!

NATALIE.

Ie n'entends plus vn lâche,
Qui dés le premier pas chancelle, & se relâche;
Dont la seule menace ébranle la vertu,
Qui met les armes bas, sans auoir combattu;
Et qui s'estant fait croire vne inuincible roche,
Au seul bruict de l'assaut, se rend auant l'approche;
Va, perfide, aux Tyrans, à qui tu t'es rendu,
Demander lâchement le prix qui t'en est deu;
Que l'Espargne Romaine, en tes mains se desserre;
Exclus des biens du Ciel, songe à ceux de la Terre;
Mais parmy ses honneurs, & ses rangs superflus,
Compte moy pour vn bien, qui ne t'appartient plus.

ADRIAN.

Ie ne te veux qu'vn mot; accorde ma priere.

NATALIE.

Ha! que de ta prison n'ay-je esté la Geoliere!

I'aurois souffert la mort, auant ta liberté;
Traistre, qu'esperes-tu de cette lâcheté?
La Cour s'en raillera; ton Tyran, quoy qu'il die,
Ne sçauroit en ton cœur priser ta perfidie;
Les Martyrs animez d'vne saincte fureur,
En rougiront de honte, & fremiront d'horreur;
Contre toy dans le Ciel, Christ arme sa Iustice;
Les Ministres d'Enfer preparent ton supplice;
Et tu viens, rejetté de la Terre & des Cieux,
Pour me perdre auec toy, chercher grace en ces lieux?

Elle sort furieuse, & dit en s'en allant.

Que feray-je, ô Seigneur! puis-je souffrir sans peine
L'ennemy de ta gloire, & l'objet de ta haine!
Puis-je viure, & me voir en ce confus estat,
De la Sœur d'vn Martyr, femme d'vn Apostat?
D'vn ennemy de Dieu, d'vn lâche, d'vn infame?

ADRIAN.

Ie te vais détromper; où cours-tu, ma chere ame?

NATALIE.

Rauir dans ta prison, d'vne mâle vigueur,
La Palme qu'aujourd'huy tu perds, faute de cœur;

Y joindre les Martyrs, & d'vne saincte audace,
Remplir chez eux ton rang, & combattre en ta place;
Y cueillir les lauriers, dont Dieu t'eut couronné;
Et prendre au Ciel le lieu qui t'estoit destiné.

ADRIAN.

Pour quelle défiance alteres-tu ma gloire?
Dieu toûjours en mon cœur conserue sa victoire;
Il a receu ma foy, rien ne peut l'ébranler,
Et ie cours au trépas, bien loin d'en reculer;
Seul, sans fers, mais armé d'vn inuincible zele,
Ie me rends au combat où l'Empereur m'appelle;
Mes Gardes vont deuant, & ie passe en ce lieu
Pour te tenir parole, & pour te dire adieu;
M'auoir osté mes fers, n'est qu'vne vaine adresse
Pour me les faire craindre, & tenter ma foiblesse;
Et moy, pour tout effet de ce soulagement,
I'attends le seul bon-heur de ton embrassement.
Adieu, ma chere sœur, illustre & digne femme,
Ie vais par vn chemin d'épines & de flame;
Mais qu'auparauant moy, Dieu luy-mesme a battu,
Te retenir vn lieu, digne ta vertu.
Adieu, quand mes Bourreaux exerceront leur rage,
Implore moy du Ciel, la grace & le courage,
De vaincre la Nature en cet heureux malheur,
Auec vne constance égale à ma douleur.

NATALIE l'embrassant.

Pardonne à mon ardeur, cher & genereux Frere,
L'injuste impreßion d'vn soupçon temeraire,
Qu'en l'apparent estat de cette liberté,
Sans Gardes & sans fers, tu m'auois suscité:
Va, ne relâche rien de cette saincte audace,
Qui te fait des Tyrans mépriser la menace;
Quoy qu'vn Grãd t'entreprenne, vn plus Grãd est pour [toy;
Vn Dieu te soûtiendra, si tu soûtiens sa Foy.
Cours, genereux Athlete, en l'illustre carriere,
Où de la nuict du Monde, on passe à la lumiere;
Cours, puis qu'vn Dieu t'apelle aux pieds de son Autel,
Dépoüiller, sans regret, l'homme infirme & mortel;
N'épargne point ton sang en cette saincte guerre;
Prodigues-y ton corps, rends la Terre à la Terre;
Et redonne à ton Dieu, qui sera ton appuy,
La part qu'il te demande, & que tu tiens de luy;
Fuy sans regret le monde, & ses fausses delices,
Où les plus innocens, ne sont point sans supplices,
Dont le plus ferme estat est toûjours inconstant,
Dõt l'estre, & le non estre, ont presque vn méme instãt;
Et pour qui toutefois, la Nature aueuglée,
Inspire à ses Enfans vne ardeur dereglée,
Qui les fait si souuent, au peril du trépas,
Suiure la vanité de ses trompeurs appas.

Ce qu'vn siecle y produit, vn moment le consomme;
Porte les yeux plus haut, Adrian, parois homme;
Cõbats, souffre, & t'acquiers, en mourãt en Chrestien,
Par vn moment de mal, l'eternité d'vn bien.

ADRIAN.

Adieu, ie cours, ie vole au bon-heur qui m'arriue;
L'effet en est trop lent, l'heure en est trop tardiue;
L'ennuy seul que i'emporte, ô genereuse Sœur,
Et qui de mon attente, altere la douceur;
Est, que la Loy contraire au Dieu que ie professe,
Te priue par ma mort, du bien que ie te laisse;
Et l'acquerant au fisc, oste à ton noble sang,
Le soûtien de sa gloire, & l'appuy de son rang.

NATALIE.

Quoy, le vol que tu prends vers les celestes pleines,
Souffre encor tes regards sur les choses humaines?
Si dépoüillé du Monde, & si prest d'en partir,
Tu peux parler en Homme, & non pas en Martyr?
Qu'vn si foible interest ne te soit point sensible,
Tiens au Ciel, tiens à Dieu, d'vne force inuincible;
Conserue moy ta gloire, & ie me puis vanter
D'vn Tresor precieux, que rien ne peut m'oster.
Vne femme possede vne richesse extréme,
Qui possede vn Espoux, possesseur de Dieu même;

Toy, qui de ta doctrine aßiste les Chrestiens,
Approche, cher Anthyme, & joins tes vœux aux miẽs.

SCENE V.

ANTHYME, ADRIAN, NATALIE.

ANTHYME.

VN bruit qui par la Ville a frappé mon oreille,
De ta conuersion m'apprennant la merueille,
Et le noble mépris que tu faits de tes jours,
M'amene à ton combat, plûtost qu'à ton secours;
Je sçay combien Cesar t'est vn foible aduersaire,
Je sçay ce qu'vn Chrestien sçait & souffrir & faire;
Et ie sçay que iamais pour la peur du trépas,
Vn cœur touché de Christ, n'a rebroussé ses pas.
Va donc, heureux amy, va presenter ta teste,
Moins au coup qui t'atẽd, qu'au laurier qu'õ t'apreste;
Va, de tes saincts propos éclorre les effets,
De tous les chœurs des Cieux, va remplir les souhaits;
Et vous, Hostes du Ciel, sainctes legions d'Anges,
Qui du nom trois fois sainct, celebrez les loüanges,

Sans

Sans interruption de vos ſacrez concerts,
A ſon aueuglement, tenez les Cieux ouuerts.

ADRIAN.

Mes vœux arriueront à leur comble ſupréme,
Si lauant mes pechez de l'eau du ſainct Bapteſme,
Tu m'enrolles au rang de tant d'heureux ſoldats,
Qui ſous meſme eſtendart ont rendu des combats;
Confirme, cher Anthyme, auec cette eau ſacrée,
Par qui preſque en tous lieux la Croix eſt arborée,
En ce fragile ſein, le projet glorieux,
De combattre la Terre, & conquerir les Cieux.

ANTHYME.

Sans beſoin, Adrian, de cette eau ſalutaire,
Ton ſang t'imprimera ce ſacré caractere;
Conſerue ſeulement vne inuincible foy;
Et combattant pour Dieu, Dieu combattra pour toy.

ADRIAN regardant le Ciel, & resuant vn peu long-temps, dit enfin.

Ha, Lentule! en l'ardeur dont mon ame eſt preſſée,
Il faut leuer le maſque, & t'ouurir ma penſee;
Le Dieu que i'ay haï, m'inſpire ſon amour,
Adrian a parlé, Geneſt parle à ſon tour!

Ce n'est plus Adrian, c'est Genest qui respire,
La grace du Baptesme, & l'honneur du Martyre;
Mais Christ n'a point commis à vos profanes mains,
Regardant au Ciel, dõt l'on jette quelques flames. *Ce seau mysterieux, dont il marque ses Saints;*
Vn Ministre celeste, auec vne eau sacrée,
Pour lauer mes forfaits, fend la voute azurée;
Sa clarté m'enuironne, & l'air de toutes parts,
Resonne de concerts, & brille à mes regards;
Il monte deux ou trois marches, & passe derriere la tapisserie. *Descens, celeste Acteur; tu m'attends! tu m'appelles!*
Attens, mon zele ardent me fournira des aisles;
Du Dieu qui t'a commis, départs moy les bontez.

MARCELE, qui representoit Natalie.

Ma replique a manqué, ces vers sont adjoûtez.

LENTVLE, qui faisoit Anthyme.

Il les fait sur le champ; & sans suiure l'Histoire,
Croit couurir en r'entrant son defaut de memoire.

DIOCLETIAN.

Voyez auec quel art, Genest sçait aujourd'huy,
Passer de la figure, aux sentimens d'autruy.

VALERIE.

Pour tromper l'auditeur, abuser l'Acteur mesme,
De son mestier, sans doute, est l'adresse supreme.

SCENE VI.

FLAVIE, GARDES, MARCELE, LENTVLE, DIOCLETIAN, &c.

FLAVIE.

Ce moment dure trop, treuuons-le promptement;
Cesar nous voudra mal de ce retardement;
Ie sçay sa violence, & redoute sa haine.

VN SOLDAT.

Ceux qu'on mande à la mort, ne marchẽt pas sans peine.

MARCELE.

Cet homme si celebre en sa profeßion,
Genest, que vous cherchez, a troublé l'action;
Et confus qu'il s'est veu, nous a quitté la place.

FLAVIE, qui est Sergeste.

Le plus heureux, par fois, tombe en cette disgrace;
L'ardeur de reüßir, le doit faire excuser.

CAMILLE riant à Valerie.

Comme son art, Madame, a sceu les abuser!

SCENE VII

GENEST, SERGESTE, LENTVLE, MARCELE, GARDES, DIOCLETIAN, VALERIE, &c.

GENEST regardant le Ciel, le chappeau à la main.

SVpréme Majesté, qui jettez dans les ames,
Auec deux gouttes d'eau, de si sensibles flâmes!
Acheue tes bontez, represente auec moy,
Les saincts progrés des cœurs conuertis à ta Foy!
Faisons voir dans l'amour, dont le feu nous consomme,
Toy le pouuoir d'vn Dieu, moy le deuoir d'vn Homme;
Toy l'accueil d'vn vainqueur, sensible au repentir,
Et moy, Seigneur, la force & l'ardeur d'vn Martyr.

MAXIMIN.

Il feint comme animé des graces du Baptesme.

VALERIE.

Sa feinte passeroit pour la verité mesme.

PLANCIEN.

Certes, ou ce ſpectacle eſt vne verité,
Ou iamais rien de faux ne fut mieux imité.

GENEST.

Et vous, chers compagnons de la baſſe fortune,
Qui m'a rendu la vie auecque vous commune;
Marcele, & vous Sergeſte, auec qui tant de fois,
I'ay du Dieu des Chreſtiens ſcandaliſé les Loix;
Si ie puis vous preſcrire vn aduis ſalutaire,
Cruels, adorez en juſqu'au moindre myſtere,
Et ceſſez d'attacher auec de nouueaux clouds,
Vn Dieu, qui ſur la Croix daigne mourir pour vous;
Mon cœur illuminé d'vne grace celeſte.....

MARCELE.

Il ne dit pas vn mot du couplet qui luy reſte.

SERGESTE.

Comment, ſe preparant auecque tant de ſoin....

LENTVLE regardant derriere la tapiſſerie.

Hola, qui tient la piece?

GENEST.

Il n'en eſt plus beſoin.

Dedans cette action, où le Ciel s'interesse,
Vn Ange tient la Piece, vn Ange me r'adresse;
Vn Ange par son ordre, a comblé mes souhaits,
Et de l'eau du Baptesme, effacé mes forfaits;
Ce monde perissable, & sa gloire friuole,
Est vne Comedie où i'ignorois mon roole;
I'ignorois de quel feu mon cœur deuoit brûler,
Le Demon me dictoit, quand Dieu vouloit parler;
Mais depuis que le soin d'vn esprit Angelique,
Me conduit, me r'adresse, & m'apprend ma replique,
J'ay corrigé mon roole; & le Demon confus,
M'en voyant mieux instruit, ne me suggere plus;
I'ay pleuré mes pechez, le Ciel a veu mes larmes,
Dedans cette action, il a treuué des charmes,
M'a départy sa grace, est mon approbateur,
Me propose des prix, & m'a fait son Acteur.

LENTVLE.

Quoy qu'il manque au sujet, iamais il ne hesite.

GENEST.

Dieu m'apprend sur le champ, ce que ie vous recite;
Et vous m'entendez mal, si dans cette action,
Mon roole passe encor pour vne fiction.

DIOCLETIAN.

Vostre desordre, enfin, force ma patience;
Songez-vous que ce jeu se passe en ma presence?
Et puis-je rien comprendre au trouble où ie vous voy?

GENEST.

Excusez-les, Seigneur, la faute en est à moy,
Mais mon salut dépend de cet illustre crime;
Ce n'est plus Adrian, c'est Genest qui s'exprime;
Ce jeu n'est plus vn jeu, mais vne verité,
Où par mon action ie suis representé,
Où moy-mesme l'objet & l'Acteur de moy-mesme,
Purgé de mes forfaits par l'eau du sainct Baptesme,
Qu'vne celeste main m'a daigné conferer,
Ie professe vne Loy, que ie dois declarer.
Escoutez donc, Cesars, & vous Trouppes Romaines,
La gloire & la terreur des Puissances humaines,
Mais foibles ennemis d'vn pouuoir souuerain,
Qui foule aux pieds l'orgueil & le Sceptre Romain;
Aueuglé de l'erreur dont l'Enfer vous infecte,
Comme vous, des Chrestiens i'ay detesté la secte;
Et (si peu que mon Art pouuoit executer)
Tout mon heur consistoit à les persecuter;
Pour les fuir, & chez vous suiure l'idolatrie,
J'ay laissé mes parens, i'ay quitté ma patrie;

Et fait choix à dessein d'vn Art peu glorieux,
Pour mieux les diffamer, & les rendre odieux;
Mais par vne bonté qui n'a point de pareille,
Et par vne incroyable & soudaine merueille,
Dont le pouuoir d'vn Dieu, peut seul estre l'autheur,
Ie deuiens leur riual de leur persecuteur;
Et soûmets à la Loy que i'ay tant reprouuée,
Vne ame heureusement de tant d'écueils sauuée;
Au milieu de l'orage, où m'exposoit le sort,
Vn Ange par la main, m'a conduit dans le port;
M'a fait sur vn papier voir mes fautes passées,
Par l'eau qu'il me versoit, à l'instant effacées;
Et cette salutaire & celeste liqueur,
Loin de me refroidir, m'a consommé le cœur;
Ie renonce à la haine, & deteste l'enuie,
Qui m'a fait des Chrestiens, persecuter la vie;
Leur creance est ma Foy, leur espoir est le mien,
C'est leur Dieu que i'adore, enfin ie suis Chrestien;
Quelque effort qui s'oppose, en l'ardeur qui m'enflâme,
Les interests du corps, cedent à ceux de l'ame;
Déployez vos rigueurs, brûlez, couppez, tranchez,
Mes maux seront encor moindres que mes pechez;
Je sçay de quel repos cette peine est suiuie,
Et ne crains point la mort, qui conduit à la vie;
J'ay souhaité long-temps d'agréer à vos yeux,
Aujourd'huy ie veux plaire à l'Empereur des Cieux;
Ie

Ie vous ay diuertis, i'ay chanté vos loüanges,
Il est temps maintenant de réjoüir les Anges;
Il est temps de pretendre à des prix immortels,
Il est temps de passer du Theatre aux Autels;
Si ie l'ay merité, qu'on me mene au Martyre;
Mon roole est acheué, ie n'ay plus rien à dire.

DIOCLETIAN.

Ta feinte passe enfin pour importunité.

GENEST.

Elle vous doit passer pour une verité?

VALERIE.

Parle-t'il de bon sens?

MAXIMIN.

Croiray-je mes oreilles!

GENEST.

Le bras qui m'as touché, fait bien d'autres merueilles.

DIOCLETIAN.

Quoy, tu renonces, traistre, au culte de nos Dieux!

GENEST.

Et les tiens aussi faux, qu'ils me sont odieux.

Sept d'entr'eux, ne ſont plus que des lumieres ſombres,
Dont la foible clarté perce à peine les ombres;
(Quoy qu'ils trompent encor voſtre credulité,)
Et des autres, le nom à peine en eſt reſté.

DIOCLETIAN ſe leuant.

O blaſpheme execrable! ô ſacrilege impie,
Et dont nous répondrons, ſi ſon ſang ne l'expie!
A Plancien. *Prefect, prenez ce ſoin, & de cet inſolent;*
Fermez les actions par vn acte ſanglant;
Tous ſe leuent. *Qui des Dieux irritez ſatisface la haine;*
Qui veſcut au Theatre, expire dans la Scene;
Et ſi quelqu'autre atteint du meſme aueuglement,
A part en ſon forfait, qu'il l'ait en ſon tourment.

MARCELE à genoux.

Si la pitié, Seigneur.

DIOCLETIAN.

La pieté plus forte,
Reprimera l'audace où ſon erreur l'emporte.

PLANCIEN.

Repaſſant cette erreur d'vn eſprit plus remis....

DIOCLETIAN.

Diocletian ſort auec toute la Cour. *Acquittez-vous du ſoin que ie vous ay commis.*

CAMILLE.

Simple, ainsi de Cesar tu méprises la grace!

GENEST.

J'acquiers celle de Dieu.

SCENE VIII.

OCTAVE, LE DECORATEUR, MARCELE, PLANCIEN.

OCTAVE.

Quel mystere se passe?

MARCELE.

L'Empereur abandonne aux rigueurs de la Loy,
Genest, qui des Chrestiens a professé la Foy.

OCTAVE.

Nos prieres, peut-estre;

MARCELE.

Elles ont esté vaines!

PLANCIEN.

Gardes?

VN GARDE.

Seigneur?

PLANCIEN.

Menez Geneſt, chargé de chaiſnes,
Dans le fond d'vn cachot attendre ſon arreſt.

GENEST.

On le dé cend du Theatre.

Ie t'en rends grace, ô Ciel! allons, me voila preſt;
Les Anges quelque iour, des fers que tu m'ordonnes,
Dans ce Palais d'azur, me feront des Couronnes.

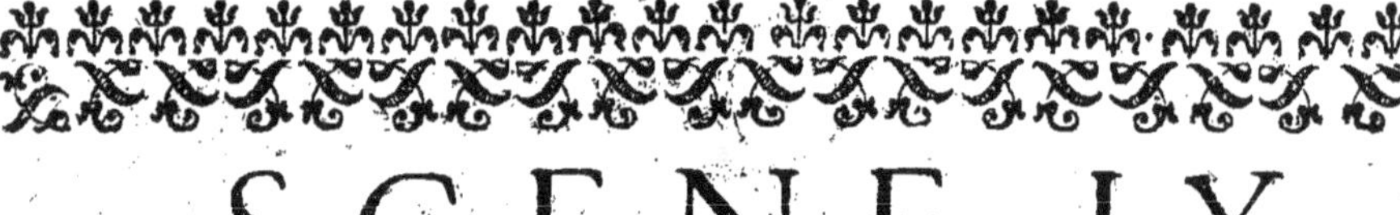

SCENE IX.

PLANCIEN, MARCELE, OCTAVE, SERGESTE, LENTVLE, ALBIN, GARDES, DECORATEVR, & autres aſſiſtans.

PLANCIEN aſſis.

SOn audace eſt coupable, autant que ſon erreur,
D'en ozer faire gloire, aux yeux de l'Empereur;

Et vous, qui sous mesme Art courrez mesme fortune,
Sa foy, comme son Art, vous est-elle commune?
Et comme vn mal, souuent, deuient contagieux?......

MARCELE.

Le Ciel m'en garde, helas!

OCTAVE.

M'en preseruent les Dieux!

SERGESTE.

Que plûtost mille morts!

LENTVLE.

Que plûtost mille flâmes!

PLANCIEN à Marcele.

Que representiez vous?

MARCELE.

Vous l'auez veu; les femmes;
Si selon le sujet, quelque déguisement,
Ne m'obligeoit par fois au trauestissement.

PLANCIEN à Octaue.

Et vous?

OCTAVE.

Parfois les Roys, & par fois les Esclaues.

PLANCIEN à Sergeste.

Vous?

SERGESTE.

Les extrauagants, les furieux, les braues.

PLANCIEN à Lentule.

Ce vieillard?

LENTVLE.

Les Docteurs, sans Lettres ny sans Loix,
Par fois les confidents, & les traistres par fois.

PLANCIEN à Albin.

Et toy?

ALBIN Garde.

Les aßistans.

PLANCIEN se leuant.

Leur franchise ingenuë,
En leur naïueté, se produit assez nuë;
Ie plains vostre malheur; mais l'interest des Dieux,
A tout respect humain, nous doit fermer les yeux;
A des crimes, par fois, la grace est legitime,
Mais à ceux de ce genre, elle seroit vn crime;
Et si Genest persiste en son aueuglement,
C'est luy qui veut sa mort, & rend son jugement;
Voyez-le toutefois, & si ce bon office
Le peut rendre luy-mesme à luy-mesme propice,
Croyez qu'auec plaisir ie verray refleurir,
Les membres r'alliez d'vn corps prest à perir.

Fin du Quatriéme Acte.

ACTE V.

SCENE PREMIERE.

GENEST seul dans la priſon, auec des fers.

Par quelle diuine aduanture,
Senſible & ſaincte volupté,
Eſſay de la gloire future,
Incroyable felicité;
Par quelles bontez ſouueraines,
Pour confirmer nos ſaincts propos,
Et nous conſeruer le repos,
Sous le lourd fardeau de nos chaiſnes,
Deſcends-tu des celeſtes plaines,
Dedans l'horreur de nos cachots?

O fausse volupté du monde,
Vaine promesse d'vn trompeur!
Ta bonace la plus profonde,
N'est iamais sans quelque vapeur;
Et mon Dieu, dans la peine mesme,
Qu'il veut que l'on souffre pour luy,
Quand il daigne estre nostre appuy,
Et qu'il reconnoist que l'on l'aime,
Influë vne douceur extréme,
Sans meslange d'aucun ennuy.

Pour luy la mort est salutaire;
Et par cet acte de valeur,
On fait vn bon-heur volontaire,
D'vn inéuitable malheur;
Nos jours n'ont pas vne heure seure,
Châque instant vse leur flambeau,
Châque pas nous meine au tombeau;
Et l'Art imitant la Nature,
Bâtit d'vne mesme figure,
Nostre biere, & nostre berceau.

Mourons donc, la cause y conuie;
Il doit estre doux de mourir,
Quand se dépoüiller de la vie,
Est trauailler, pour l'acquerir;

Puis

Puis que la celeste lumiere
Ne se treuue qu'en la quittant,
Et qu'on ne vainc qu'en combattant;
D'vne vigueur masle & guerriere,
Courons au bout de la carriere,
Où la Couronne nous attend.

SCENE II.

MARCELE, LE GEOLIER, GENEST.

LE GEOLIER à Marcele.

ENtrez.

Il s'en va.

MARCELE.

Et bien, Genest, cette ardeur insensée,
Te dure-t'elle encore, ou t'est-elle passée?
Si tu ne faits pour toy, si le iour ne t'est cher,
Si ton propre interest ne te sçauroit toucher;
Nous osons esperer, que le nostre possible,
En cette extremité, te sera plus sensible,
Que t'estant si cruel, tu nous seras plus doux,
Et qu'obstiné pour toy, tu fléchiras pour nous.

M

Si tu nous dois cherir, c'est en cette occurence,
Car separez de toy, quelle est nostre esperance?
Par quel sort pouuons-nous suruiure ton trépas?
Et que peut plus vn corps, dont le chef est à bas?
Ce n'est que de tes iours, que dépend nostre vie,
Nous mourrons tous du coup qui te l'aura rauie;
Tu seras seul coupable; & nous tous en effet,
Serons punis d'vn mal, que nous n'aurons point fait.

GENEST.

Si d'vn heureux aduis, vos esprits sont capables,
Partagez ce forfait, rendez-vous en coupables;
Et vous reconnoistrez, s'il est vn heur plus doux,
Que la mort, qu'en effet ie vous souhaitte à tous.
Vous mourriez pour vn Dieu, dont la bonté supréme,
Vous faisant en mourant détruire la mort méme,
Feroit l'eternité, le prix de ce moment,
Que i'appelle vne grace, & vous vn châtiment.

MARCELE.

O ridicule erreur! de vanter la puissance
D'vn Dieu, qui dõne aux siens la mort pour recõpense!
D'vn imposteur, d'vn fourbe, & d'vn Crucifié!
Qui l'a mis dans le Ciel? qui l'a Deifié?
Vn nombre d'ignorants, & de gens inutiles?
De mal-heureux, la lie & l'opprobre des Villes?

De femmes & d'enfans, dont la credulité,
S'est forgée à plaisir vne Diuinité?
De gens, qui dépourueus des biens de la fortune,
Treuuant dans leur malheur la lumiere importune,
Sous le nom des Chrestiens, font gloire du trépas,
Et du mépris des biens, qu'ils ne possedent pas?
Perdent l'ambition, en perdant l'esperance,
Et souffrent tout du sort, auec indifference!
De là naist le desordre épars en tant de lieux,
De là naist le mépris, & des Roys & des Dieux,
Que Cesar irrité, reprime auec Justice,
Et qu'il ne peut punir d'vn trop rude supplice;
Si ie t'oze parler d'vn esprit ingenu,
Et si le tien, Genest, ne m'est point inconnu;
D'vn abus si grossier, tes sens sont incapables,
Tu te ris du vulgaire, & luy laisses ses fables;
Et pour quelque sujet, mais qui nous est caché,
A ce culte nouueau, tu te feints attaché;
Peut-estre que tu plains ta jeunesse passée,
Par vne ingratte Cour, si mal recompensée;
Si Cesar en effet estoit plus genereux,
Tu l'as assez suiuy, pour estre plus heureux;
Mais dans toutes les Cours cette plainte est commune,
Le merite bien tard y treuue la fortune;
Les Roys ont ce penser inique & rigoureux,
Que sans nous rien deuoir, nous deuons tout pour eux;

M ij

Et que nos vœux, nos soins, nos loisirs, nos personnes,
Sont de legers tributs, qui suiuent leurs Couronnes.
Nostre mestier sur tout, quoy que tant admiré,
Est l'Art où le merite est moins consideré.
Mais peut-on qu'en souffrant, vaincre vn mal sans [remede?
Qui se sçait moderer, s'il veut tout luy succede;
Pour obtenir nos fins, n'aspirons point si haut,
A qui le desir manque, aucun bien ne defaut;
Si de quelque besoin ta vie est trauersée,
Ne nous épargne point, ouure nous ta pensée;
Parle, demande, ordonne, & tous nos biens sont tiens;
Mais quel secours, helas! attends-tu des Chrestiens?
Le rigoureux trépas, dont Cesar te menace?
Et nostre inéuitable & commune disgrace?

GENEST.

Marcele, (auec regret) i'espere vainement
De répandre le jour sur vostre aueuglement;
Puis que vous me croyez l'ame assez raualée,
(Dans les biens infinis dont le Ciel l'a comblée,)
Pour tendre à d'autres biens, & pour s'embarrasser;
D'vn si peu raisonnable & si lâche penser.
Non, Marcele, nostre Art n'est pas d'vne importance,
A m'en estre promis beaucoup de recompense;
La faueur d'auoir eu des Cesars pour témoins,
M'a trop acquis de gloire, & trop payé mes soins;

Nos vœux, nos paßions, nos veilles & nos peines,
Et tout le ſang enfin qui coule de nos veines,
Sont pour eux des tributs de deuoir & d'amour,
Où le Ciel oblige, en nous donnant le jour;
Comme außi i'ay toûjours, depuis que ie reſpire,
Fait des vœux pour leur gloire & pour l'heur de l'Em-
Mais où ie voy s'agir de l'intereſt d'vn Dieu, [pire;
Bien plus grand dans le Ciel, qu'ils ne ſont en ce lieu;
De tous les Empereurs, l'Empereur & le Maiſtre,
Qui ſeul me peut ſauuer, comme il m'a donné l'eſtre;
Ie ſoûmets juſtement leur Trône à ſes Autels,
Et contre ſon honneur, ne dois rien aux mortels.
Si mépriſer leurs Dieux, eſt leur eſtre rebelle,
Croyez qu'auec raiſon ie leur ſuis infidelle;
Et que loin d'excuſer cette infidelité,
C'eſt vn crime innocent dont ie fais vanité.
Vous verrez ſi ces Dieux de metail & de pierre,
Seront puiſſants au Ciel, comme on les croit en terre;
Et s'ils vous ſauueront de la juſte fureur,
D'vn Dieu, dont la creance y paſſe pour erreur.
Et lors ces malheureux, ces opprobres des Villes,
Ces femmes, ces enfans, & ces gens inutiles,
Les ſectateurs enfin de ce Crucifié,
Vous diront ſi ſans cauſe ils l'ont Deïfié.
Ta grace peut, Seigneur, détourner ce preſage!
Mais helas! tous l'ayant, tous n'en ont pas l'vſage;

De tant de conuiez, bien peu suiuent tes pas,
Et pour estre appellez, tous ne répondent pas.

MARCELE.

Cruel, puis qu'à ce poinct cette erreur te possede,
Que ton aueuglement est vn mal sans remede;
Trompant au moins Cesar, appaise son courroux;
Et si ce n'est pour toy, conserue toy pour nous;
Sur la foy d'vn Dieu, fondant ton esperance,
A celle de nos Dieux, donne au moins l'apparence;
Et sinon sous vn cœur, sous vn front plus soûmis,
Obtien pour nous ta grace, & vy pour tes amis.

GENEST.

Nostre foy n'admet point cet acte de foiblesse;
Ie la dois publier, puis que ie la professe,
Puis-je desauoüer le Maistre que ie suy?
Aussi bien que nos cœurs, nos bouches sont à luy.
Les plus cruels tourmens n'ont point de violence,
Qui puisse m'obliger à ce honteux silence.
Pourrois-je encor, helas, apres la liberté
Dont cette ingratte voix l'a tant persecuté,
Et dont i'ay fait vn Dieu, le joüet d'vn Theatre,
Aux oreilles d'vn Prince, & d'vn Peuple idolâtre,
D'vn silence coupable, aussi bien que la voix,
Deuant ses ennemis, méconnoistre ses Lois!

MARCELE.

Cesar n'obtenant rien, ta mort sera cruelle.

GENEST.

Mes tourmens seront courts, & ma gloire eternelle.

MARCELLE.

Quand la flâme & le fer paroistront à tes yeux.....

GENEST.

M'ouurant la sepulture, ils m'ouuriront les Cieux.

MARCELE.

O dur courage d'homme!

GENEST.

O foible cœur de femme!

MARCELE.

Cruel, sauue tes jours!

GENEST.

Lâche, sauue ton ame!

MARCELE.

Vne erreur, vn caprice, vne legereté,
Au plus beau de tes ans, te couster la clarté!

GENEST.

I'auray bien peu vescu, si l'âge se mesure,
Au seul nombre des ans, prescrit par la Nature;

Mais l'ame qu'au Martyre vn Tyran nous rauit,
Au sejour de la gloire, à jamais se suruit.
Se plaindre de mourir, c'est se plaindre d'estre homme,
Châque jour le détruit, châque instant le consomme,
Au moment qu'il arriue, il part pour le retour,
Et commence de perdre, en receuant le jour.

MARCELE.

Ainsi rien ne te touche, & tu nous abandonnes.

GENEST.

Ainsi je quitterois vn Trône & des Couronnes;
Toute perte est legere, à qui s'acquiert vn Dieu.

SCENE III.

LE GEOLIER, MARCELE, GENEST.

LE GEOLIER.

LE Prefect vous demande.

MARCELE.

Adieu cruel.

GENEST.

Adieu.

SCENE V.

SCENE IV.

LE GEOLIER, GENEST.

LE GEOLIER.

SI bien-tost à nos Dieux vous ne rendez hommage,
Vous vous acquittez mal de vostre personnage;
Et ie crains en cet acte vn tragique succez.

GENEST.

Vn fauorable Iuge assiste à mon procez;
Sur ses soins eternels, mon esprit se repose;
Ie m'asseure sur luy du succez de ma cause;
De mes chaisnes, par luy ie seray déchargé, Il s'en va auec le Geolier.
Et par luy-mesme vn jour, Cesar sera jugé.

SCENE V.

DIOCLETIAN, MAMIMIN, Suite de Gardes.

DIOCLETIAN.

PVisse par cet Hymen, vostre couche feconde,
Jusques aus derniers tẽps, dõner des Rois au mõde;
Et par leurs actions, ces surgeons glorieux,
Meriter, comme vous, un rang entre les Dieux!
En ce commun bonheur, l'allegresse commune,
Marque vostre vertu, plus que vostre fortune;
Et fait voir qu'en l'honneur que ie vous ay rendu,
Ie vous ay moins payé, qu'il ne vous estoit deu.
Les Dieux, premiers autheurs des fortunes des hõmes,
Qui dedans nos Estats, nous font ce que nous sommes;
Et dont le plus grand Roy, n'est qu'vn simple sujet,
Y doiuent estre aussi nostre premier objet;
Et sçachant qu'en effet ils nous ont mis sur terre,
Pour conseruer leurs droicts, pour regir leurs tõnerres,
Et pour laisser enfin leur vengeance en nos mains,
Nous deuons sous leurs Loix, contenir les humains;
Et nostre authorité, qu'ils veulent qu'on reuere,
A maintenir la leur, n'est iamais trop seuere;

I'esperois cet effet, & que dans ce trépas,
Du reste des Chrestiens, r'adresseroient les pas:
Mais i'ay beau leur offrir de sanglantes hosties,
Et lauer leurs Autels du sang de ces impies;
En vain i'en ay voulu purger ces regions,
I'en voy du sang d'vn seul, naistre des legions;
Mon soin nuit plus aux Dieux, qu'il ne leur est vtile,
Vn ennemy défait, leur en reproduit mille;
Et le caprice est tel, de ces extrauagants,
Que la mort les anime, & les rend arrogants.
Genest, dont cette secte aussi folle que vaine,
A si long-temps esté la risee & la haine,
Embrasse enfin leur Loy contre celle des Dieux,
Et l'oze insolemment professer à nos yeux;
Outre l'impieté, ce mépris manifeste,
Mesle nostre interest à l'interest Celeste;
En ce double attentat, que sa mort doit purger,
Nous auons, & les Dieux, & nous mesme à venger.

MAXIMIN.

Ie croy que le Prefect, commis à cet office,
S'attend aussi d'en faire vn public sacrifice;
D'executer vostre ordre; & de cet insolent,
Donner ce soir au Peuple vn spectacle sanglant;
Si déja sur le bois d'vn Theatre funeste,
Il n'a representé l'action qui luy reste.

SCENE VI.

VALERIE, CAMILLE, MARCELLE Com. OCTAVE Com. SERGESTE Com. LENTVLE Com. ALBIN, DIOCLETIAN, MAXIMIN, Suitte de Gardes.

Tous les Comediens se mettent à genoux.

VALERIE à Diocletian.

SI quand pour moy le Ciel épuise ses biens-faits,
Quand son œil prouident, rit à tous nos souhaits;
I'oze encor esperer que dans cette allegresse,
Vous souffriez à mon sexe vn acte de foiblesse;
L'Empereur les fait leuer. *Permettez-moy, Seigneur, de rendre à vos genoux,*
Ces gens, qu'en Genest seul vous sacrifiez tous;
Tous ont auersion pour la Loy qu'il embrasse,
Tous sçauent que son crime est indigne de grace;
Mais il est à leur vie, vn si puissant secours,
Qu'ils la perdront du coup qui tranchera ses jours;
M'exauçant, de leur chef vous détournez vos armes;
Ie n'ay pû dénier cet office à leurs larmes;
Où ie n'oze insister, si ma temerité,
Demande vne injustice à vostre Majesté.

DIOCLETIAN.

Ie sçay que la pitié, plûtost que l'injustice,
Vous a fait embrasser ce pitoyable office;
Et dans tout cœur bien né, tiens la compassion,
Pour les ennemis mesme, vne juste action;
Mais où l'irreuerence & l'orgueil manifeste,
Ioint l'interest d'Estat, à l'interest celeste,
Le plaindre, est (au mépris de nostre authorité)
Exercer la pitié contre la pieté.
C'est d'vn bras qui l'irrite, arrester la tempeste
Que son propre dessein attire sur sa teste;
Et d'vn soin importun, arracher de sa main,
Le couteau, dont luy-mesme il se perce le sein.

MARCELE.

Ha! Seigneur, il est vray; mais de cette tempeste,
Le coup frappe sur nous, s'il tombe sur sa teste;
Et le couteau fatal, que l'on laisse en sa main,
Nous assaßine tous, en luy perçant le sein.

OCTAVE.

Si la grace, Seigneur, n'est deuë à son offence,
Quelque compaßion l'est à nostre innocence.

FLAVIE.

Le fer, qui de ses ans doit terminer le cours,
Retranche vos plaisirs, en retranchant ses jours.

Ie connois son merite, & plains vostre infortune;
Mais outre que l'injure, auec les Dieux commune,
Interesse l'estat à punir son erreur;
J'ay pour toute sa secte vne si forte horreur,
Que ie tiens tous les maux qu'ont souffert ses complices,
Ou qu'ils doiuent souffrir pour de trop doux supplices;
En faueur toutesfois de l'Hymen fortuné,
Par qui tant de bon heur, à Rome est destiné;
Si par son repentir, fauorable à soy-mesme,
De sa voix sacrilege, il purge le blaspheme,
Et reconnoist les Dieux, Autheurs de l'Vniuers,
Les bras de ma pitié vous sont encor ouuerts;
Mais voicy le Prefect; ie crains que son supplice,
N'ait preuenu l'effet de vostre bon office.

SCENE VII.

PLANCIEN, DIOCLETIAN, MAXIMIN, VALERIE, CAMILLE, MARCELE, OCTAVE, &c.

PLANCIEN.

PAR vostre ordre, Seigneur, ce glorieux Acteur,
Des plus fameux Heros, fameux imitateur,

Du Theatre Romain, la splendeur & la gloire,
Mais si mauuais Acteur dedans sa propre Histoire,
Plus entier que iamais en son impieté,
Et par tous mes efforts en vain sollicité,
A du courroux des Dieux, contre sa perfidie,
Par vn Acte sanglant, fermé la Tragedie.

MARCELE pleurant.

Que nous acheuerons, par la fin de nos iours.

OCTAVE.

O fatale nouuelle!

SERGESTE.

O funeste discours!

PLANCIEN.

I'ay joint à la douceur, aux offres, aux prieres,
A si peu que les Dieux m'ont donné de lumieres,
(Voyant que ie tentois d'inutiles efforts)
Tout l'art, dont la rigueur peut tourmenter les corps;
Mais ny les cheualets, ny les lames flambantes,
Ny les ongles de fer, ny les torches ardentes,
N'ont, contre ce rocher, esté qu'vn doux zephir,
Et n'ont pû de son sein arracher vn soûpir;
Sa force, en ce tourment, a paru plus qu'humaine,
Nous souffrions plus que luy, par l'horreur de sa peine;

Et nos cœurs deteſtant ſes ſentimens Chreſtiens,
Nos yeux ont malgré nous fait l'office des ſiens;
Voyant la force enfin, comme l'adreſſe vaine,
I'aymis la Tragedie, à ſa derniere Scene;
Et fait, auec ſa teſte, enſemble ſeparer,
Le cher Nom de ſon Dieu, qu'il vouloit proferer.

DIOCLETIAN s'en allant.

Ainſi reçoiue vn prompt & ſeuere ſupplice,
Quiconque oze des Dieux irriter la Iuſtice.

VALERIE à Marcelle.

Ils s'en võt tous pleurans.

Vous voyez de quel ſoin ie vous preſtois les mains;
Mais ſa grace n'eſt plus au pouuoir des humains.

MAXIMIN emmenant Valerie.

Ne plaignez point, Madame, vn malheur volontaire,
Puis qu'il l'a pû franchir, & s'eſtre ſalutaire;
Et qu'il a bien voulu, par ſon impieté,
D'vne feinte, en mourant, faire vne verité.

FIN.